EL ARTE DE LA NOVELA

Obras de Milan Kundera en Maxi

MILAN KUNDERA
EL ARTE DE LA NOVELA

Traducción del francés de Fernando de Valenzuela
y María Victoria Villaverde

M A X I
TUSQUETS
EDITORES

Obra editada en colaboración con Editorial Planeta – España

Título original: *L'art du roman*

© 1986, Milan Kundera

Traducción: Fernando de Valenzuela y María Victoria Villaverde

© Tusquets Editores, S. A. – Barcelona, España

Derechos reservados

© 2022, Editorial Planeta Mexicana, S.A. de C.V.
Bajo el sello editorial TUSQUETS M.R.
Avenida Presidente Masarik núm. 111,
Piso 2, Polanco V Sección, Miguel Hidalgo
C.P. 11560, Ciudad de México
www.planetadelibros.com.mx

Diseño de la colección: FERRATERCAMPINSMORALES
Diseño de la portada: Maxi Tusquets / Área Editorial Grupo Planeta
Ilustración de la portada: 2012, Milan Kundera
Fotografía del autor: © 2005, Tusquets Editores

1.ª edición en España en colección Marginales: diciembre de 1987
1.ª edición en España en colección Esenciales: diciembre de 2006
1.ª edición en España en colección Fábula: mayo de 2000
1.ª edición en España en colección Maxi: marzo de 2022
ISBN: 978-84-1107-079-9

1.ª edición impresa en México: septiembre de 2022
ISBN: 978-607-07-9141-3

Impreso en los talleres de Impresora Tauro, S.A. de C.V.,
Av. Año de Juárez 343, col. Granjas San Antonio, Ciudad de México
Impreso en México – *Printed in Mexico*

BIOGRAFÍA

Milan Kundera nació en la República Checa y desde 1975 vive en Francia.

Índice

Mi mundo no es el de las teorías. Estas reflexiones son las de un practicante. La obra de todo novelista contiene una visión implícita de la historia de la novela, una idea de lo que es la novela. Yo he dado la palabra a esa idea de la novela, inherente a mis novelas.

Los siguientes siete textos se escribieron, se publicaron o fueron pronunciados como conferencia entre 1979 y 1995. Aunque su nacimiento es independiente, los concebí con la idea de reunirlos más tarde en un solo libro. Lo cual hice en 1986.

Primera parte
La desprestigiada herencia de Cervantes

1

En 1935, tres años antes de su muerte, Edmund Husserl pronunció, en Viena y Praga, las célebres conferencias sobre la crisis de la humanidad europea. El adjetivo «europea» señalaba para él una identidad espiritual que se extiende más allá de la Europa geográfica (hasta América, por ejemplo) y que nació con la antigua filosofía griega. Según él, esta filosofía, por primera vez en la Historia, comprendió el mundo (el mundo en su conjunto) como un interrogante que debía ser resuelto. Y se enfrentó a ese interrogante no para satisfacer tal o cual necesidad práctica, sino porque la «pasión por el conocimiento se había adueñado del hombre».

La crisis de la que hablaba le parecía tan profunda que se preguntaba si Europa se encontraba aún en condiciones de sobrevivir a ella. Creía ver las raíces de la crisis en el comienzo de la Edad Moderna, en Galileo y en Descartes, en el carácter unilateral de las ciencias europeas, que habían reducido el mundo a un simple objeto de exploración técnica y matemática y habían excluido de su horizonte el mundo concreto de la vida, *die Lebenswelt*, como decía él.

El desarrollo de las ciencias llevó al hombre hacia los túneles de las disciplinas especializadas. Cuanto más avanzaba éste en su conocimiento, más perdía de vista el conjunto del mundo y a sí mismo, hundiéndose así en lo que Heidegger, discípulo de Husserl, llamaba, con una expresión hermosa y casi mágica, «el olvido del ser».

Ensalzado antaño por Descartes como «dueño y señor de la naturaleza», el hombre se convirtió en una simple cosa en manos de fuerzas (las de la técnica, la política, la Historia) que le exceden, le sobrepasan, le poseen. Para esas fuerzas, su ser concreto, su «mundo de la vida» *(die Lebenswelt)*, no tiene ya valor ni interés algunos: es eclipsado, olvidado de antemano.

2

Creo, sin embargo, que sería ingenuo considerar la severidad de esa visión de la Edad Moderna como una simple condena. Yo diría más bien que los dos grandes filósofos desvelaron la ambigüedad de esa época que es degradación y progreso a la vez y, como todo lo humano, contiene el germen de su fin en su nacimiento. Esta ambigüedad no resta importancia, a mi criterio, a los cuatro últimos siglos europeos, a los que me siento tanto más ligado puesto que no soy filósofo, sino novelista. En efecto, para mí el creador de la Edad Moderna no es solamente Descartes, sino también Cervantes.

Es posible que sea esto lo que los dos fenomenólogos dejaron de tomar en consideración en su juicio sobre la Edad Moderna. Al respecto, deseo decir: si es cierto que la filosofía y las ciencias han olvidado el ser del hombre, aún más evidente resulta que con Cervantes se ha creado un gran arte europeo que no es otra cosa que la exploración de este ser olvidado.

En efecto, todos los grandes temas existenciales que Heidegger analiza en *Ser y tiempo*, y que a su juicio han sido dejados de lado por toda la filosofía europea anterior, fueron revelados, expuestos, iluminados por cuatro siglos de novela europea. Una tras otra, la novela ha descubierto por sus propios medios, por su propia lógica, los diferentes aspectos de la existencia: con los contemporáneos de Cervantes se pregunta qué es la aventura; con Samuel Richardson comienza a examinar «lo que sucede en el interior», a desvelar la vida secreta de los sentimientos; con Balzac descubre el arraigo del hombre en la Historia; con Flaubert explora la *terra* hasta entonces *incognita* de lo cotidiano; con Tolstoi se acerca a la intervención de lo irracional en las decisiones y el comportamiento humanos. La novela sondea el tiempo: el inalcanzable momento pasado con Marcel Proust; el inalcanzable momento presente con James Joyce. Se interroga con Thomas Mann sobre el papel de los mitos que, llegados del fondo de los tiempos, teledirigen nuestros pasos. *Et caetera, et caetera.*

La novela acompaña constante y fielmente al hombre desde el comienzo de la Edad Moderna. La «pasión por conocer» (que Husserl considera la esencia de la espiritualidad europea) se ha adueñado de ella para que escudriñe la vida concreta del hombre y la proteja contra «el olvido del ser»; para que mantenga «el mundo de la vida» bajo una iluminación perpetua. En ese sentido comprendo y comparto la obstinación con que Hermann Broch repetía: descubrir lo que sólo una novela puede descubrir es la única razón de ser de una novela. La novela que no descubre una parte hasta entonces desconocida de la existencia es inmoral. El conocimiento es la única moral de la novela.

Y añado además lo siguiente: la novela es obra de Europa; sus hallazgos, aunque efectuados en distintos idiomas, pertenecen a toda Europa en su conjunto. La *sucesión de los descubrimientos* (y no la suma de lo que ha sido escrito) crea la historia de la novela europea. Sólo en este contexto supranacional el valor de una obra (es decir, el alcance de sus hallazgos) puede ser plenamente visto y comprendido.

3

Cuando Dios abandonaba lentamente el lugar desde donde había dirigido el universo y su orden de valores, separado el bien del mal y dado un sentido a cada cosa, Don Quijote salió de su casa y ya no estuvo en condiciones de reconocer el mundo. Éste, en ausencia del Juez supremo, se mostró de pronto con una dudosa ambigüedad; la única Verdad divina se descompuso en cientos de verdades relativas que los hombres se repartieron. De este modo nació el mundo de la Edad Moderna y con él la novela, su imagen y modelo.

Comprender con Descartes el *ego pensante* como el fundamento de todo, estar de este modo solo frente al universo, es una actitud que Hegel, con razón, consideró heroica.

Comprender con Cervantes el mundo como ambigüedad, tener que afrontar no una única verdad absoluta, sino un montón de verdades relativas que se contradicen (verdades incorporadas a los *egos imaginarios* llamados personajes), poseer como única certeza la *sabiduría de lo incierto,* exige una fuerza igualmente notable.

¿Qué quiere decirnos la gran novela de Cervantes? Hay una abundante bibliografía al respecto. Algunos pretenden ver en esta novela la crítica racionalista del idealismo confuso de Don Quijote. Otros ven la exaltación de este mismo idealismo. Ambas interpretaciones son erróneas porque quieren encontrar en el fondo de la novela no un interrogante, sino una posición moral.

El hombre anhela un mundo en el que sea posible distinguir con claridad el bien del mal porque en él existe el deseo, innato e indomable, de juzgar antes que de comprender. En este deseo se han fundado religiones e ideologías. Éstas no pueden conciliarse con la novela sino traduciendo su lenguaje de relatividad y ambigüedad a un discurso apodíctico y dogmático. Exigen que alguien tenga la razón; o bien Ana Karenina es víctima de un déspota de cortos alcances o bien Karenin es víctima de una mujer inmoral; o bien K., inocente, es aplastado por un tribunal injusto, o bien tras el tribunal se oculta la justicia divina y K. es culpable.

En este «o bien-o bien» reside la incapacidad de soportar la relatividad esencial de las cosas humanas, la incapacidad de mirar de frente a la ausencia de Juez supremo. Debido a esta incapacidad, la sabiduría de la novela (la sabiduría de la incertidumbre) es difícil de aceptar y comprender.

4

Don Quijote partió hacia un mundo que se abría ampliamente ante él. Podía entrar en él con entera libertad y regresar a casa cuando lo deseara. Las primeras novelas europeas son viajes por el mundo, que parece ilimitado. El comienzo de *Jacques el fatalista* de Diderot sorprende a los dos protagonistas en medio del camino; se desconoce de dónde vienen ni adónde van.

Se encuentran en un tiempo en que no hay principio ni fin, en un espacio que no conoce fronteras, en una Europa para la cual el porvenir nunca puede acabar.

Medio siglo después de Diderot, en la obra de Balzac, el horizonte lejano ha desaparecido como un paisaje detrás de esas construcciones modernas que son las instituciones sociales: la policía, la justicia, el mundo de las finanzas y del crimen, el ejército, el Estado. El tiempo de Balzac ya no conoce la feliz ociosidad de Cervantes o Diderot. Se había embarcado ya en el tren que llamamos Historia. Es fácil subirse a él, pero es difícil apearse. Sin embargo, este tren aún no tiene nada de espantoso, incluso tiene encanto; promete aventuras a todos los pasajeros y con ellas el bastón de mariscal.

Más tarde aún, para Emma Bovary, el horizonte se estrecha hasta tal punto que parece un cerco. Las aventuras se encuentran al otro lado y la nostalgia es insoportable. En el aburrimiento de la cotidianidad, adquieren importancia sueños y ensoñaciones. El infinito perdido del mundo exterior es reemplazado por lo infinito del alma. La gran ilusión de la unicidad irreemplazable del individuo, una de las más bellas ilusiones europeas, se desvanece.

Pero el sueño sobre lo infinito del alma pierde su magia en el momento en que la Historia, o lo que ha quedado de ella, fuerza sobrehumana de una sociedad omnipotente, se apodera del hombre. Ya no le promete el bastón de mariscal, apenas le promete un puesto de agrimensor. K. frente al tribunal, K. frente al castillo, ¿qué puede hacer? No mucho. ¿Puede al menos soñar como en otro tiempo soñaba Emma Bovary? No, la trampa de la situación es demasiado terrible y absorbe como un aspirador todos sus pensamientos y todos sus sentimientos: sólo puede pensar en su proceso, en su puesto de agrimensor. Lo infinito del alma, si lo tiene, ha pasado a ser un apéndice casi inútil del hombre.

5

El camino de la novela se dibuja como una historia paralela de la Edad Moderna. Si me doy la vuelta para abarcarlo con la mirada, se me antoja extrañamente corto y cerrado. ¿No es el propio Don Quijote quien, después de tres siglos de viaje, vuelve a su aldea transformado en agrimensor? Se había ido, antaño, a elegir sus aventuras, y ahora, en esa aldea bajo el castillo, ya no tiene elección, la aventura le es *ordenada:* un desdichado contencioso con la administración derivado de un error en su expediente. Después de tres siglos, ¿qué ha ocurrido pues con la aventura, ese primer gran tema de la novela? ¿Acaso ha pasado a ser su propia parodia? ¿Qué significa esto? ¿Que el camino de la novela se cierra con una paradoja?

Sí, podría pensarse. Y no sólo hay una, esas paradojas son abundantes. *Las aventuras del valeroso soldado Schwejk* es probablemente la última gran novela popular. ¿No es asombroso que esa novela cómica sea al mismo tiempo una novela de guerra cuya acción se desarrolla en el ejército y en el frente? ¿Qué ha ocurrido con la guerra y sus horrores para que se hayan convertido en motivo de risa?

Con Homero y Tolstoi, la guerra tenía un sentido totalmente inteligible: se luchaba por la bella Helena o por Rusia. Schwejk y sus compañeros iban al frente sin saber por qué y, lo que es aún más curioso, sin interesarse por ello.

¿Cuál es entonces el motor de una guerra si no lo es Helena o la patria? ¿Únicamente la fuerza que desea afirmarse como tal fuerza? ¿Es acaso esa «voluntad de voluntad» de la que nos hablará más tarde Heidegger? Pero ¿no ha estado ésta siempre detrás de todas las guerras? Así es, en efecto. Pero, en esta ocasión, en la obra de Hašek, ni siquiera pretende ocultarse tras un discurso tan poco razonable. Nadie cree en la charlatanería de la propaganda, ni siquiera quienes la fabrican. La fuerza está desnuda, tan desnuda como en las novelas de Kafka. En efecto, el tribunal no obtendrá provecho alguno de la ejecución de K., al igual que el castillo no sacará provecho molestando al agrimensor. ¿Por qué ayer Alemania y hoy Rusia quieren dominar el mundo? ¿Para ser más ricas? ¿Más felices? No. La agresividad de la fuerza es perfectamente desinteresada; inmotivada; sólo quiere su querer; es absolutamente irracional.

Kafka y Hašek nos enfrentan, pues, con esta inmensa paradoja; en la Edad Moderna, la razón carte-

siana corroía uno tras otro todos los valores heredados de la Edad Media. Pero en el momento de la victoria total de la razón, es lo irracional en estado puro
(la fuerza que quiere sólo su querer) lo que se apro-
piará de la escena del mundo porque ya no habrá un
sistema de valores comúnmente admitidos que pueda
impedírselo.

Esta paradoja, magistralmente resaltada en *Los sonámbulos* de Hermann Broch, es una de las que me
gustaría llamar *terminales*. Hay otras. Por ejemplo: la
Edad Moderna cultivaba el sueño de una humanidad
que, dividida en diversas civilizaciones separadas, en-
contraría un día la unidad y, con ella, la paz eterna.
Hoy, la historia del planeta es, finalmente, un todo indivisible, pero es la guerra, ambulante y perpetua, la
que realiza y garantiza esa unidad de la humanidad
largo tiempo soñada. La unidad de la humanidad significa: nadie puede escapar a ninguna parte.

6

Las conferencias en las que Husserl habló sobre la
crisis de Europa y sobre la posibilidad de la desaparición de la humanidad europea fueron su testamento
filosófico. Las pronunció en dos capitales de Europa
central. Esta coincidencia tiene un profundo significado: evidentemente, en esta misma Europa central,

por primera vez en su historia moderna, Occidente pudo presenciar la muerte de Occidente, o, para ser más precisos, la amputación de un trozo de sí mismo cuando Varsovia, Budapest y Praga fueron deglutidas por el imperio ruso. Esta desgracia la generó la primera guerra mundial desencadenada por el imperio de los Habsburgo, que condujo a ese mismo imperio a su destrucción y desequilibró para siempre la ya debilitada Europa.

Aquellos últimos tiempos apacibles en los que el hombre sólo tenía que combatir a los monstruos de su alma, los tiempos de Joyce y Proust, quedaron atrás. En las novelas de Kafka, Hašek, Musil y Broch, el monstruo llega del exterior y se llama Historia; ya no se parece al tren de los aventureros; es impersonal, ingobernable, incalculable, ininteligible –y nadie se le escapa. Es el momento (al terminar la guerra del 14) en que la pléyade de los grandes novelistas centroeuropeos vio, tocó, captó las *paradojas terminales* de la Edad Moderna.

¡Pero no deben leerse sus novelas como una profecía social y política, como un Orwell anticipado! Lo que nos dice Orwell pudo decirse igualmente (o quizá mucho mejor) en un ensayo o un panfleto. Por el contrario, esos novelistas descubren «lo que solamente una novela puede descubrir»: demuestran cómo, en las condiciones de las «paradojas terminales», todas las categorías existenciales cambian de pronto de sentido: ¿qué es la *aventura* si la libertad de acción de un K. es absolutamente ilusoria? ¿Qué es el *porvenir* si los intelectuales de *El hombre sin atributos* no tienen la más insignificante sospecha de la guerra que mañana va a barrer sus vidas? ¿Qué es el *crimen* si el Huguenau de Broch no solamente no lamenta, sino que olvida el asesinato que ha cometido? Y si la única gran novela cómica de esta época, la de Hašek, tiene por escenario la guerra, ¿qué ha pasado con lo *cómico*? ¿Dónde está la diferencia entre lo *privado* y lo *público* si K., incluso en su lecho de amor, no puede eludir la presencia de dos enviados del castillo? ¿Qué es, en este caso, la *soledad*? ¿Una carga, una angustia, una maldición, como han querido hacernos creer, o, por el contrario, el más preciado valor, a punto de ser destruido por la colectividad omnipresente?

Los periodos de la historia de la novela son muy largos (no tienen nada que ver con los cambios hécticos de las modas) y se caracterizan por ese o aquel aspecto del ser que la novela examina prioritariamente. Así, las posibilidades contenidas en el hallazgo flaubertiano de la cotidianeidad no se desarrollaron plenamente hasta setenta años más tarde, en la gigantesca obra de James Joyce. El periodo inaugurado hace cincuenta años por la pléyade de novelistas centroeuropeos (periodo de las *paradojas terminales)* me parece lejos de estar cerrado.

Se habla mucho y desde hace tiempo del fin de la novela: fundamentalmente, hablaban de ello los futuristas, los surrealistas, casi todas las vanguardias. Veían desaparecer la novela en el camino del progreso, en beneficio de un porvenir radicalmente nuevo, en beneficio de un arte que no se asemejaría a nada de lo que ya existía. La novela sería enterrada en nombre de la justicia histórica, al igual que la miseria, las clases dominantes, los viejos modelos de coches y los sombreros de copa.

Así pues, si Cervantes es el fundador de la Edad Moderna, el fin de su herencia debería significar algo más que un simple relevo en la historia de las formas literarias; anunciaría el fin de la Edad Moderna. Por eso la sonrisa beatífica con la que se pronuncian necrologías de la novela me parece frívola. Frívola, porque ya he visto y vivido la muerte de la novela, su muerte violenta (mediante prohibiciones, la censura, la presión ideológica), en el mundo en que he pasado gran parte de mi vida y al que acostumbramos llamar totalitario. Entonces quedó de manifiesto con toda claridad que la novela era perecedera; tan perecedera como el Occidente de la Edad Moderna. La novela, en tanto que modelo de ese mundo, fundamentado en la relatividad y ambigüedad de las cosas humanas, es incompatible con el universo totalitario. Esta incompatibilidad es aún más profunda que la que separa a un disidente de un *apparatchik*, a un comba-

tiente a favor de los derechos humanos de un tortu-
rador, porque no es solamente política o moral, sino
también *ontológica*. Esto quiere decir: el mundo basa-
do sobre una única Verdad y el mundo ambiguo y re-
lativo de la novela están modelados con una materia totalmente distinta. La Verdad totalitaria excluye la
relatividad, la duda, la interrogación, y nunca puede conciliarse con lo que yo llamaría el *espíritu de la
novela*.

Pero ¿acaso en la Rusia comunista no se publican
centenares y millares de novelas con enormes tiradas
y gran éxito? Sí, pero estas novelas ya no prolongan
la conquista del ser. No ponen al descubierto ninguna nueva parcela de la existencia; únicamente confir-
man lo que ya se ha dicho; más aún: en la confirma-
ción de lo ya dicho (de lo que hay que decir) consisten
su razón de ser, su gloria, su utilidad en la sociedad a
la que pertenecen. Al no descubrir nada, no partici-
pan ya en la *sucesión de descubrimientos* a los que llamo
la historia de la novela; se sitúan *fuera* de esta historia, o bien: son *novelas de después de la historia de la
novela*.

Hace aproximadamente medio siglo que la historia de la novela se detuvo en el imperio del comunismo ruso. Es un acontecimiento de gran alcance, dada
la grandeza de la novela rusa de Gogol a Biely. La
muerte de la novela no es, pues, una idea fantasiosa.
Ya se ha producido. Y ahora ya sabemos *cómo* muere
la novela: no desaparece; su historia se detiene: después de ella sólo queda el tiempo de la repetición, en

la que la novela reproduce su forma vaciada de su espíritu. Se trata pues de una muerte disimulada que pasa inadvertida y que a nadie sorprende.

8

Pero ¿no llega la novela al fin de su camino por su propia lógica interna? ¿No ha explotado ya todas sus posibilidades, todos sus conocimientos y todas sus formas? He oído comparar su historia con las minas de carbón agotadas hace tiempo. Pero ¿no se parece quizá más al cementerio de las ocasiones perdidas, de las llamadas no escuchadas? Hay cuatro llamadas a las que soy especialmente sensible.

La llamada del juego. — *Tristram Shandy* de Laurence Sterne *y Jacques el fatalista* de Denis Diderot se me antojan hoy como las dos más importantes obras novelescas del siglo XVIII, dos novelas concebidas como un juego grandioso. Son las dos cimas de la levedad nunca alcanzadas antes ni después. La novela posterior se dejó aprisionar por el imperativo de la verosimilitud, por el decorado realista, por el rigor de la cronología. Abandonó las posibilidades que encierran esas dos obras maestras y que hubieran podido dar lugar a una evolución de la novela diferente de la que conocemos (sí, se puede imaginar también otra historia de la novela europea...).

La llamada del sueño. — Fue Franz Kafka quien despertó repentinamente la imaginación dormida del siglo XIX y quien consiguió lo que postularon los surrealistas después de él sin lograrlo del todo: la fusión del sueño y la realidad. Ésta es, de hecho, una antigua ambición estética de la novela, presentida ya por Novalis, pero que exige el arte de una alquimia que sólo Kafka ha descubierto unos cien años después. Este enorme descubrimiento es menos el término de una evolución que una apertura inesperada que demuestra que la novela es el lugar donde la imaginación puede explotar como en un sueño y que la novela puede liberarse del imperativo aparentemente ineluctable de la verosimilitud.

La llamada del pensamiento. — Musil y Broch dieron entrada en el escenario de la novela a una inteligencia soberana y radiante. No para transformar la novela en filosofía, sino para movilizar sobre la base del relato todos los medios, racionales e irracionales, narrativos y meditativos, que pudieran iluminar el ser del hombre; hacer de la novela la suprema síntesis intelectual. ¿Es su proeza el fin de la historia de la novela, o más bien la invitación a un largo viaje?

La llamada del tiempo. — El periodo de las *paradojas terminales* incita al novelista no a limitar la cuestión del tiempo al problema proustiano de la memoria personal, sino a ampliarla al enigma del tiempo colectivo, del tiempo de Europa, la Europa que se vuelve para mirar el pasado, para hacer su propio balance, para captar su propia historia, al igual que un anciano capta con una sola mirada su vida pasada. De ahí el deseo de franquear los límites temporales de una vida individual en los que la novela había estado hasta entonces encerrada incorporando a su ámbito varias épocas históricas. (Aragon y Fuentes ya lo han intentado.)

Pero no quiero profetizar sobre los futuros derroteros de la novela, de los que nada sé; quiero decir únicamente: si la novela debe realmente desaparecer, no es porque esté completamente agotada, sino porque se encuentra en un mundo que ya no es el suyo.

9

La unificación de la historia del planeta, ese sueño humanista que Dios, malvadamente, ha permitido que se lleve a cabo, va acompañada de un vertiginoso proceso de reducción. Es cierto que las termitas de la reducción carcomen la vida humana desde siempre: incluso el más acendrado amor acaba por reducirse a un esqueleto de recuerdos endebles. Pero el carácter de la sociedad moderna refuerza monstruosamente esta maldición: la vida del hombre se reduce a su función social; la historia de un pueblo, a algunos acontecimientos que, a su vez, se ven reducidos a una interpretación tendenciosa; la vida social se reduce a la lucha política y ésta a la confrontación de dos únicas grandes potencias planetarias. El hombre se encuentra en un auténtico *torbellino de la reducción* donde el «mundo de la vida» del que hablaba Husserl se oscurece fatalmente y en el cual el ser cae en el olvido.

Por tanto, si la razón de ser de la novela es la de mantener el «mundo de la vida» permanentemente iluminado y la de protegernos contra «el olvido del ser», ¿la existencia de la novela no es hoy más necesaria que nunca?

Sí, eso me parece. Pero, desgraciadamente, también afectan a la novela las termitas de la reducción que no sólo reducen el sentido del mundo, sino también el sentido de las obras. La novela (como toda la cultura) se encuentra cada vez más en manos de los medios de comunicación; éstos, en tanto que agentes de la unificación de la historia planetaria, amplían y canalizan el proceso de reducción; distribuyen en el mundo entero las mismas simplificaciones y clichés que pueden ser aceptados por la mayoría, por todos, por la humanidad entera. Y poco importa que en sus diferentes órganos se manifiesten los diversos intereses políticos. Detrás de esta diferencia reina un espíritu común. Basta con hojear los semanarios políticos norteamericanos o europeos, tanto los de la izquierda como los de la derecha, del *Time* al *Spiegel;* todos tienen la misma visión de la vida que se refleja en el mismo orden según el cual se compone su sumario, en las mismas secciones, en las mismas formas periodísticas, en el mismo vocabulario y el mismo estilo, en los mismos gustos artísticos y en la misma jerarquía de lo que consideran importante y lo que juzgan insignificante. Este espíritu común de los medios de comunicación disimulado tras su diversidad política es el espíritu de nuestro tiempo. Este espíritu me parece contrario al espíritu de la novela.

El espíritu de la novela es el espíritu de la complejidad. Cada novela dice al lector: «Las cosas son más complicadas de lo que tú crees». Ésa es la verdad eterna de la novela, que cada vez se deja oír menos en el barullo de las respuestas simples y rápidas que preceden a la pregunta y la excluyen. Para el espíritu de nuestro tiempo, o tiene razón Ana o tiene razón Karenin, y parece molesta e inútil la vieja sabiduría de Cervantes que nos habla de la dificultad de saber y de la inasible verdad.

El espíritu de la novela es el espíritu de la continuidad: cada obra es la respuesta a las obras precedentes, cada obra contiene toda la experiencia anterior de la novela. Pero el espíritu de nuestro tiempo se ha fijado en la actualidad, que es tan expansiva, tan amplia, que rechaza el pasado de nuestro horizonte y reduce el tiempo al único segundo presente. Metida en este sistema, la novela ya no es *obra* (algo destinado a perdurar, a unir el pasado al porvenir), sino un hecho de actualidad como tantos otros, un gesto sin futuro.

¿Quiere esto decir que, en el mundo «que ya no es el suyo», la novela desaparecerá? ¿Que va a dejar a Europa hundirse en el «olvido del ser»? ¿Que sólo quedará la charlatanería sin fin de los grafómanos, *novelas de después de la historia de la novela*? No lo sé. Sólo creo saber que la novela ya no puede vivir en paz con el espíritu de nuestro tiempo: si todavía quiere seguir descubriendo lo que no está descubierto, si aún quiere «progresar» en tanto que novela, no puede hacerlo sino en contra del progreso del mundo.

La vanguardia ha visto las cosas de otro modo; estaba poseída por la ambición de hallarse en armonía con el porvenir. Los artistas vanguardistas crearon obras, cierto es, realmente valientes, difíciles, provocadoras, abucheadas, pero las crearon con la certeza de que «el espíritu del tiempo» estaba con ellos y que, mañana, les daría la razón.

Antaño, yo también consideré que el porvenir era el único juez competente de nuestras obras y de nuestros actos. Sólo más tarde comprendí que el flirteo con el porvenir es el peor de los conformismos, la cobarde adulación del más fuerte. Porque el porvenir es siempre más fuerte que el presente. Él es el que, en efecto, nos juzgará. Y, por supuesto, sin competencia alguna.

Pero si el porvenir no representa un valor para mí, ¿a quién o a qué me siento ligado? ¿A Dios?, ¿a la patria?, ¿al pueblo?, ¿al individuo?

Mi respuesta es tan ridícula como sincera: no me siento ligado a nada salvo a la desprestigiada herencia de Cervantes.

Segunda parte
Diálogo sobre el arte de la novela

Christian Salmon: Quisiera dedicar esta conversación a la estética de sus novelas. Pero ¿por dónde empezar?

M.K.: Por la siguiente afirmación: mis novelas no son psicológicas. Más exactamente: van más allá de la estética de la novela que suele llamarse psicológica.

C.S.: Pero ¿no son todas las novelas necesariamente psicológicas, es decir, orientadas hacia el enigma de la psiquis?

M.K.: Seamos más precisos. Todas las novelas de todos los tiempos se orientan hacia el enigma del yo. En cuanto se crea un ser imaginario, un personaje, uno se enfrenta automáticamente a la pregunta siguiente: ¿qué es el yo? ¿Mediante qué puede aprehenderse el yo? Ésta es una de las cuestiones fundamentales en las que se basa la novela en sí. Según las diferentes respuestas a esta pregunta, si usted quisiera podría distinguir las diferentes tendencias y, probablemente, los diferentes periodos de la historia de la novela. Los primeros narradores europeos no conocen el enfoque psicológico. Bocaccio nos cuenta simplemente acciones y aventuras. Sin embargo, detrás de todas esas historias divertidas, se nota una convicción: mediante la acción sale el hombre del mundo repetitivo de lo cotidiano en el cual todos se parecen a todos, mediante la acción se distingue de los demás y se convierte en individuo. Dante lo dijo: «En todo acto, la primera intención de quien lo realiza es revelar su propia imagen». Al comienzo, la acción se considera el autorretrato de quien actúa. Cuatro siglos después de Bocaccio, Diderot se muestra más escéptico: su Jacques el fatalista seduce a la novia de su amigo, se emborracha de felicidad, su padre le da una paliza, un regimiento pasa por allí, se alista por despecho, en la primera batalla le alcanza una bala en la rodilla y se queda cojo para el resto de su vida. Creía empezar una aventura amorosa cuando, en realidad, avanzaba hacia su invalidez. Nunca podrá reconocerse en su acto. Entre el acto y él se abrirá una fisura. El hombre quiere revelar mediante la acción su propia imagen, pero ésta no se le parece. El carácter paradójico del acto es uno de los grandes descubrimientos de la novela. Pero si el yo no es aprehensible en la acción, ¿dónde y cómo se lo puede aprehender? Llegó entonces un momento en que la novela, en su búsqueda del yo, tuvo que desviarse del mundo visible de la acción y orientarse hacia el invisible de la vida interior. A mediados del siglo XVIII, Richardson descubre la forma de la novela por medio de cartas en las que los personajes confiesan sus pensamientos y sentimientos.

C.S.: ¿Es éste el nacimiento de la novela psicológica?

M.K.: El término es, por supuesto, inexacto y aproximativo. Evitémoslo y utilicemos una perífrasis: Richardson puso la novela en el camino de la exploración de la vida interior del hombre. Conocemos a grandes continuadores: el Goethe de *Werther,* Constant, luego Stendhal y los escritores de su época. El apogeo de esta evolución se encuentra, a mi juicio, en Proust y en Joyce. Joyce analiza algo aún más inalcanzable que «el tiempo perdido» de Proust: el momento presente. No hay aparentemente nada más evidente, más tangible y palpable, que el momento presente. Y sin embargo se nos escapa por completo. Toda la tristeza de la vida radica en eso. Durante un solo segundo, nuestra vista, nuestro oído, nuestro olfato, perciben (a sabiendas o sin saberlo) un montón de acontecimientos y por nuestro cerebro desfila toda una retahíla de sensaciones e ideas. Cada instante representa un pequeño universo, irremediablemente olvidado al instante siguiente. Ahora bien, el gran microscopio de Joyce logra detener, aprehender ese instante fugitivo y enseñárnoslo. Pero la búsqueda del yo concluye, una vez más, con una paradoja: cuanto mayor es la lente del microscopio que observa al yo, más se nos escapan el yo y su unicidad: bajo la gran lente joyceana que descompone en átomos el alma, todos somos iguales. Pero si el yo y su carácter único no son aprehensibles en la vida interior del hombre, ¿dónde y cómo se los puede aprehender?

C.S.: ¿Y se los puede aprehender?

M.K.: Por supuesto que no. La búsqueda del yo siempre ha terminado y siempre terminará en una paradójica insaciabilidad. No digo fracaso. Porque la novela no puede franquear los límites de sus propias posibilidades, y la revelación de estos límites es ya un gran descubrimiento, una gran hazaña cognoscitiva. Ello no impide que, tras tocar el fondo que implica la exploración detallada de la vida interior del yo, los grandes novelistas hayan comenzado a buscar, consciente o inconscientemente, una nueva orientación. Siempre se habla de la trinidad sagrada de la novela moderna: Proust, Joyce, Kafka. A mi juicio, esta trinidad no existe. En mi historia personal de la novela, es Kafka quien inaugura la nueva orientación: la orientación posproustiana. La forma en que él concibe el yo es totalmente inesperada. ¿Por qué K. es definido como un ser único? No es gracias a su aspecto físico (del que no se sabe nada), ni gracias a su biografía (nadie la conoce), ni gracias a su nombre (no lo tiene), ni a sus recuerdos, ni a sus inclinaciones ni a sus complejos. ¿Acaso gracias a su comportamiento? El campo libre de sus actos es lamentablemente limitado. ¿Gracias a su pensamiento interior? Sí, Kafka sigue continuamente las reflexiones de K., pero éstas apuntan exclusivamente a la situación presente: ¿qué hay que hacer ahí, en lo inmediato? ¿Ir hacia el interrogatorio o esquivarlo? ¿Obedecer a la llamada del sacerdote o no? Toda la vida interior de K. está absorbida por la situación en que se encuentra atrapado, y nada de lo que pudiera superar esta situación (los recuerdos de K., sus reflexiones metafísicas, sus consideraciones sobre los demás) nos es revelado. Para Proust, el universo interior del hombre constituía un milagro, un infinito que no dejaba de asombrarnos. Pero no es éste el asombro de Kafka. No se pregunta cuáles son las motivaciones interiores que determinan el comportamiento del hombre. Plantea una cuestión radicalmente diferente: ¿cuáles son aún las posibilidades del hombre en un mundo en el que los condicionamientos exteriores se han vuelto tan demoledores que los móviles interiores ya no pesan nada? Efectivamente, ¿en qué hubiera podido cambiar esto el destino y la actitud de K. si hubiera tenido pulsiones homosexuales o una dolorosa historia de amor? En nada.

C.S.: Esto es lo que usted dice en *La insoportable levedad del ser:* «La novela no es una confesión del autor, sino una exploración de lo que es la vida humana en la trampa en que hoy se ha convertido el mundo». Pero ¿qué quiere decir trampa?

M.K.: Que la vida es una trampa lo hemos sabido siempre: nacemos sin haberlo pedido, encerrados en un cuerpo que no hemos elegido y destinados a morir. En compensación, el espacio del mundo ofrecía una permanente posibilidad de evasión. Un soldado podía desertar del ejército y comenzar otra vida en un país vecino. En nuestro siglo, de pronto, el mundo se estrecha a nuestro alrededor. El acontecimiento decisivo de esta transformación del mundo en trampa ha sido sin duda la guerra de 1914, llamada (y por primera vez en la Historia) guerra mundial. Falsamente mundial. Sólo afectó a Europa, y ni siquiera a *toda* Europa. Pero el adjetivo «mundial» expresa aún más elocuentemente la sensación de horror ante el hecho de que, de ahora en adelante, nada de lo que ocurra en el planeta será ya asunto local, que todas las catástrofes conciernen al mundo entero y que, por lo tanto, estamos cada vez más determinados desde el exterior, por situaciones de las que nadie puede evadirse y que, cada vez más, hacen que nos parezcamos los unos a los otros.

Pero entiéndame bien. Si me sitúo más allá de la novela llamada psicológica, no significa que quiera privar a mis personajes de vida interior. Significa solamente que son otros los enigmas, otras las cuestiones que persiguen prioritariamente mis novelas. Tampoco significa que rechace las novelas fascinadas por la psicología. El cambio de situación a partir de Proust me llena más bien de nostalgia. Con Proust, una inmensa belleza se aleja lentamente de nosotros. Y para siempre y sin retorno. Gombrowicz tuvo una idea tan chusca como genial. El peso de nuestro yo depende, según él, de la cantidad de población del planeta. Así Demócrito representaba una cuatrocientos millonésima parte de la humanidad; Brahms, una milmillonésima; el mismo Gombrowicz, una dos mil millonésima. Desde el punto de vista de esta aritmética, el peso del infinito proustiano, el peso de un yo, de la vida interior de un yo, se hace cada vez más leve.

Y en esta carrera hacia la levedad, hemos franqueado un límite fatal.

C.S.: «La insoportable levedad» del yo es su obsesión, desde sus primeros escritos. Pienso en *El libro de los amores ridículos;* por ejemplo, en el relato «Eduard y Dios». Tras su primera noche de amor con la joven Alice, Eduard se sintió presa por un extraño malestar, decisivo en su historia: miraba a su amiga y se decía «que las opiniones de Alice no eran en realidad más que algo que estaba *adherido* a su destino, y su destino algo adherido a su cuerpo, la veía como una combinación casual de cuerpo, ideas y transcurso vital, como una combinación inorgánica, arbitraria e inestable». Y en otro cuento, «El falso autoestop», la joven, en los últimos párrafos del relato, se encuentra tan perturbada por la incertidumbre de su identidad que repite sollozando: «Yo soy yo, yo soy yo, yo soy yo...».

M.K.: En *La insoportable levedad del ser,* Teresa se mira en el espejo. Se pregunta qué sucedería si su nariz se alargara un milímetro al día. ¿Al cabo de cuánto tiempo su rostro resultaría irreconocible? Y si su cara no se pareciera ya a Teresa, ¿sería Teresa aún Teresa? ¿Dónde comienza y dónde termina el yo? Ya ve: ningún asombro ante el infinito insondable del alma. Más bien un asombro ante la incertidumbre del yo y de su identidad.

C.S.: En sus novelas hay una ausencia total de monólogo interior.

M.K.: Joyce puso un micrófono en la cabeza de Bloom. Gracias a este fantástico espionaje que es el monólogo interior hemos averiguado mucho de lo que somos. Pero yo no sabría servirme de ese micrófono.

C.S.: En el *Ulises* de Joyce, el monólogo interior atraviesa toda la novela, es la base de su construcción, el procedimiento dominante. ¿Es acaso la meditación filosófica la que desempeña ese papel en su caso?

M.K.: Encuentro impropio el término «filosófico». La filosofía desarrolla su pensamiento en un espacio abstracto, sin personajes, sin situaciones.

C.S.: Usted comienza *La insoportable levedad del ser* con una reflexión sobre el eterno retorno de Nietzsche. ¿Qué es esto sino una meditación filosófica desarrollada en forma abstracta, sin personajes, sin situaciones?

M.K.: ¡Qué va! Esta reflexión introduce directamente, desde la primera línea de la novela, la situación primordial de un personaje: Tomás; expresa su problema: la levedad de la existencia en un mundo en el que no existe un eterno retorno. Y fíjese, volvemos nuevamente a nuestra pregunta: ¿qué hay más allá de la novela llamada psicológica? O dicho de otro modo: ¿cuál es el medio no psicológico de aprehender el yo? Aprehender un yo quiere decir, en mis novelas, aprehender la esencia de su problemática existencial. Aprehender su *código existencial*. Al escribir *La insoportable levedad del ser* me di cuenta de que el código de tal o cual personaje se compone de algunas palabras clave. Para Teresa: el cuerpo, el alma, el vértigo, la debilidad, el idilio, el Paraíso. Para Tomás: la levedad, el

44

peso. En la parte titulada «Palabras incomprendidas», examino el código existencial de Franz y el de Sabina analizando diversos términos: la mujer, la fidelidad, la traición, la música, la oscuridad, la luz, las manifestaciones, la belleza, la patria, el cementerio, la fuerza. Cada una de estas palabras tiene un significado diferente en el código existencial del otro. Por supuesto este código no es estudiado *in abstracto*, se va revelando progresivamente en la acción, en las situaciones. Fíjese en *La vida está en otra parte*, en la tercera parte: el protagonista, el tímido Jaromil, aún es virgen. Un día, pasea con una chica, quien de pronto apoya la cabeza en su hombro. Jaromil se siente inmensamente feliz e incluso físicamente excitado. Me detengo en ese mini-acontecimiento y constato: «El grado más alto de felicidad que había conocido Jaromil hasta el momento era la cabeza de una chica apoyada en su hombro». A partir de esto trato de captar el erotismo de Jaromil: «Una cabeza femenina significaba para él más que un cuerpo femenino». Lo cual no quiere decir, aclaro, que el cuerpo le fuera indiferente, pero: «No deseaba la desnudez de un cuerpo femenino; ansiaba el rostro de una chica por la desnudez de su cuerpo. No quería poseer un cuerpo femenino; quería el rostro de una muchacha que, como prueba de amor, le diera su cuerpo». Intento ponerle un nombre a esa actitud. Elijo la palabra *ternura*. Y examino esa palabra: en efecto, ¿qué es la ternura? Y llego así a las sucesivas respuestas: «La ternura nace en el momento en que el hombre es escupido hacia el umbral de la

45

madurez y se da cuenta, angustiado, de las ventajas de la infancia que, como niño, no comprendía». Y a continuación: «La ternura es el miedo que nos inspira la edad adulta». Y otra definición más: «La ternura es un intento de crear un ámbito artificial en el que pueda tener validez el compromiso de comportarnos con nuestro prójimo como si fuera un niño». Como puede ver, no le señalo lo que está pasando en la cabeza de Jaromil, sino más bien lo que está pasando en mi propia cabeza: observo largamente a mi Jaromil y trato de aproximarme, poco a poco, al meollo de su actitud, para comprenderla, denominarla, aprehenderla.

En *La insoportable levedad del ser,* Teresa vive con Tomás, pero su amor exige tal movilización de sus fuerzas que, de pronto, no puede más y quiere dar marcha atrás, «hacia abajo», hacia el lugar de donde vino. Y me pregunto: ¿qué le pasa a ella? Y encuentro la respuesta: ha sido presa del vértigo. Pero ¿qué es el vértigo? Busco la definición y digo: «un embriagador, un insuperable deseo de caer». Pero me corrijo inmediatamente, preciso la definición: «También podríamos llamarlo la borrachera de la debilidad. Uno se percata de su debilidad y no quiere luchar contra ella, sino entregarse. Está borracho de su debilidad, quiere ser aún más débil, quiere caer en medio de la plaza, ante los ojos de todos, quiere estar abajo y aún más abajo que abajo». El vértigo es una de las claves para comprender a Teresa. No es la clave para comprendernos a usted o a mí. Sin embargo, usted y yo conocemos esta especie de vértigo al menos como nuestra posibilidad, una de las posibilidades de la existencia. Me fue preciso inventar a Teresa, un «ego experimental», para comprender esta posibilidad, para comprender el vértigo.

Pero no sólo se interroga a propósito de las situaciones personales, toda la novela no es más que una larga interrogación. La interrogación meditativa (meditación interrogativa) es la base sobre la que están construidas todas mis novelas. Volvamos a *La vida está en otra parte*. Esta novela se llamaba al principio *La edad lírica*. En el último momento, bajo la presión de los amigos que consideraban insípido y poco atractivo el título, lo cambié. Cometí una tontería cediendo. En efecto, pienso que es acertado elegir como título de una novela su principal categoría. *La broma. El libro de la risa y el olvido. La insoportable levedad del ser.* Incluso *El libro de los amores ridículos*. No hay que interpretar este título en el sentido de divertidas historias de amor. La idea del amor está siempre ligada a la seriedad. Ahora bien, amor ridículo es la categoría del amor desprovisto de seriedad. Noción capital para el hombre moderno. Pero continuemos con *La vida está en otra parte*. Esta novela se sustenta en algunas preguntas: ¿qué es la actitud lírica?, ¿qué es la juventud en cuanto edad lírica?, ¿cuál es el sentido del triple maridaje: lirismo-revolución-juventud? ¿Y qué es ser poeta? Recuerdo haber comenzado a escribir esa novela con una hipótesis de trabajo cuya definición anoté en mi cuaderno de notas: «El poeta es un joven a quien su madre lleva a exhibirse frente a un mundo en el cual es incapaz de entrar». Como puede comprobar, esta definición no es ni sociológica, ni estética, ni psicológica.

C.S.: Es fenomenológica.

M.K.: El adjetivo no está mal, pero me prohíbo utilizarlo. Temo demasiado a los profesores para quienes el arte es sólo un derivado de las corrientes filosóficas y teóricas. La novela conoce el inconsciente antes que Freud, la lucha de clases antes que Marx, practica la fenomenología (la búsqueda de la esencia de las situaciones humanas) antes que los fenomenólogos. ¡Qué fabulosas «descripciones fenomenológicas» las de Proust, quien no conoció a fenomenólogo alguno!

C.S.: Resumamos. Existen varias formas de aprehender el yo. Ante todo, por la acción. Después, en la vida interior. Usted afirma: el yo está determinado por la esencia de su problemática existencial. De esta actitud se derivan en su obra numerosas consecuencias. Por ejemplo, su obstinación por comprender la esencia de las situaciones parece volver caducas, al menos para usted, todas las técnicas de descripción. Usted no dice casi nada del aspecto físico de sus personajes. Y como la búsqueda de las motivaciones psicológicas le interesa menos que el análisis de las situaciones, es también muy parco sobre el pasado de sus personajes. El carácter demasiado abstracto de su narración, además, ¿no corre el riesgo de hacer a sus personajes menos vivos?

M.K.: Trate de hacerle esta misma pregunta a Kafka o a Musil. A Musil ya se la hicieron. Incluso personas muy cultas le reprocharon no ser un auténtico novelista. Walter Benjamin admiraba su inteligencia pero no su arte. Eduard Roditi considera que los personajes de Musil carecen de vida y le propone a Proust como ejemplo que debe seguir: ¡cuánto más viva y auténtica, dice, es Madame Verdurin en comparación con Diotima! Efectivamente, la larga tradición del realismo psicológico ha creado algunas normas casi inviolables: 1) hay que dar el máximo de información sobre un personaje: sobre su apariencia física, su modo de hablar y de comportarse; 2) hay que dar a conocer el pasado de un personaje, porque en él se encuentran todas las motivaciones de su comportamiento presente; y 3) el personaje debe gozar de una total independencia, es decir que el autor y sus propias consideraciones deben desaparecer para no perturbar al lector, quien quiere rendirse a la ilusión y considerar la ficción una realidad. Musil ha roto ese viejo acuerdo entre la novela y el lector. Y, con él, otros novelistas. ¿Qué sabemos del aspecto físico de Esch, el personaje más importante de Broch? Nada. Salvo que tenía los dientes muy grandes. ¿Qué sabemos de la infancia de K. o de Schwejk? Ni a Musil, ni a Broch, ni a Gombrowicz les molesta estar presentes en sus novelas a través de sus pensamientos. El personaje no es un simulacro de ser viviente. Es un ser imaginario. Un ego experimental. La novela vuelve así a sus comienzos. Don Quijote es casi impensable como ser vivo. Sin embargo, en nuestra memoria, ¿qué personaje está más vivo que él? Compréndame bien, no quiero ignorar al lector y su deseo tan ingenuo como legítimo de dejarse arrastrar por el mundo imaginario de la novela y confundirlo de tanto en tanto con la realidad. Pero no creo que la técnica del realismo psicológico sea indispensable para eso. Leí por primera vez *El castillo* cuando tenía catorce años. Por aquel entonces admiraba a un jugador de hockey sobre hielo que vivía cerca de casa. Imaginé a K. con sus rasgos. Aún hoy lo veo así. Quiero decir con eso que la imaginación del lector completa automáticamente la del autor. ¿Tomás es rubio o moreno? ¿Su padre era rico o pobre? ¡Lo dejo a su elección!

C.S.: Pero usted no sigue siempre esa regla: en *La insoportable levedad del ser,* así como Tomás no tiene prácticamente pasado alguno, Teresa, en cambio, es presentada no sólo con su propia infancia, sino incluso con la de su madre.

M.K.: En la novela encontrará esta frase: «Su vida no había sido más que una prolongación de la vida de su madre, de la misma forma que el recorrido de una bola de billar es la prolongación del gesto realizado por la mano de un jugador». Si hablo de la madre no es exactamente para dar información sobre Teresa, sino porque la madre es su tema principal, porque Teresa es la «prolongación de su madre» y sufre por ello. También sabemos que tiene pechos pequeños con las «areolas demasiado grandes y demasiado oscuras rodeando los pezones» como si los hubiera pintado «un pintor campesino que dibujara imágenes obscenas para pobres»; esta información es indispensable, ya que el cuerpo es otro gran tema de Teresa. Por el contrario, en lo concerniente a Tomás, su marido, no cuento nada de su infancia, nada de su padre, de su madre, de su familia, y su cuerpo, así como su cara, nos resultan completamente desconocidos porque la esencia de su problemática existencial tiene sus raíces en otros temas. Esta ausencia de información no lo hace menos «vivo». Pues crear a un personaje «vivo» significa: ir hasta el fondo de su problemática existencial. Lo cual significa: ir hasta el fondo de algunas situaciones, de algunos motivos, incluso de algunas palabras con las que está hecho. Nada más.

C.S.: Su concepción de la novela podría entonces ser definida como una meditación poética sobre la existencia. Sin embargo, sus novelas no siempre han sido comprendidas así. Encontramos en ellas muchos acontecimientos políticos que han estimulado una interpretación sociológica, histórica o ideológica. ¿Cómo concilia usted su interés por la historia de la sociedad y su convicción de que la novela examina ante todo el enigma de la existencia?

M.K.: Heidegger caracteriza la existencia mediante una fórmula archiconocida: *in-der-Welt-sein*, ser-en-el-mundo. El hombre no se relaciona con el mundo como el sujeto con el objeto, como el ojo con el cuadro; ni siquiera como el actor con el decorado de una escena. El hombre y el mundo están ligados como el caracol y su concha: el mundo forma parte del hombre, es su dimensión y, a medida que cambia el mundo, la existencia *(in-der-Welt-sein)* también cambia. Desde Balzac, el *Welt* de nuestro ser tiene carácter histórico y las vidas de los personajes se desarrollan en un espacio del tiempo jalonado de fechas. La novela ya no podrá jamás desembarazarse de esta herencia de Balzac. Incluso Gombrowicz, quien inventa historias fantásticas, improbables, quien viola todas las reglas de la verosimilitud, no la elude. Sus novelas están situadas en un tiempo fechado y perfectamente histórico. Pero no hay que confundir dos cosas: hay, por una parte, la novela que examina la *dimensión histórica de la existencia humana* y, por otra, la novela que *ilustra una situación histórica,* que describe una sociedad en un momento dado, una historiografía novelada. Conocerá usted sin duda todas esas novelas escritas sobre la Revolución francesa, sobre María Antonieta, o sobre 1914, sobre la colectivización de la URSS (a favor o en contra), o sobre el año 1984; todas ellas son novelas de vulgarización que revelan un conocimiento no-novelesco en el lenguaje de la novela. Ahora bien, no me cansaré de repetir: la única razón de ser de la novela es decir aquello que tan sólo la novela puede decir.

C.S.: Pero ¿qué puede decir la novela de específico acerca de la Historia? O dicho de otro modo: ¿cuál es su forma de tratar la Historia?

M.K.: Voy a exponerle algunos principios que son los míos. Primero: trato todas las circunstancias históricas con un máximo de economía. Actúo en relación a la Historia como un escenógrafo que decora una escena abstracta con la ayuda de algunos objetos indispensables para la acción.

Segundo principio: entre las circunstancias históricas sólo retengo aquellas que crean para mis personajes una situación existencialmente reveladora. Ejemplo: en *La broma*, Ludvik ve a todos sus amigos y condiscípulos levantar la mano para votar, con total facilidad, su expulsión de la universidad y hacer tambalear así su vida. Está seguro de que hubieran sido capaces, de ser necesario, de mandarlo a la horca con la misma facilidad. De ahí su definición del hombre: un ser capaz en cualquier situación de enviar a su prójimo a la muerte. La experiencia antropológica fundamental de Ludvik tiene pues raíces históricas, pero la descripción de la Historia misma (el papel del Partido, las raíces políticas del terror, la organización de las instituciones sociales, etcétera) no me interesa y no la encontrará usted en la novela.

Tercer principio: la historiografía escribe la historia de la sociedad, no la del hombre. De ahí que los acontecimientos históricos de los que hablan mis novelas sean con frecuencia olvidados por la historiografía. Ejemplo: en los años que siguieron a la invasión rusa de Checoslovaquia en 1968, el terror contra la población fue precedido de matanzas de perros oficialmente organizadas. Es éste un episodio totalmente olvidado y sin importancia para un historiador, para un politólogo, ¡y, sin embargo, de un supremo significado antropológico! Sugerí el clima histórico de *La despedida* gracias a este único episodio. Otro ejemplo: en el momento decisivo de *La vida está en otra parte*, la Historia interviene bajo la forma de un calzoncillo poco elegante y feo; no había otros en aquella época; ante la más hermosa ocasión erótica de su vida, Jaromil, temiendo hacer el ridículo en calzoncillos, no se atreve a desnudarse y huye. ¡La inelegancia! Otra circunstancia histórica olvidada y, sin embargo, cuán importante para quien está obligado a vivir en un régimen comunista.

Pero es el cuarto principio el que va más lejos: no sólo la circunstancia histórica debe crear una situación existencial nueva, sino que la Historia debe *en sí misma* ser comprendida y analizada como situación existencial. Ejemplo: en *La insoportable levedad del ser*, Alexander Dubcek, después de ser detenido por el ejército ruso, secuestrado, encarcelado, amenazado, forzado a negociar con Breznev, regresa a Praga. Habla por la radio, pero no puede hablar, le falta el aliento, en medio de cada frase hace largas pausas atroces. Lo que revela para mí este episodio histórico (completamente olvidado ya que, dos horas después, los técnicos de la radio fueron obligados a cortar las penosas pausas de su discurso) es la *debilidad*. La debilidad como categoría muy generalizada de la existencia: «Cuando hay que hacer frente a un enemigo superior en número, siempre se es débil, aunque se tenga un cuerpo atlético como Dubcek». Teresa no puede soportar el espectáculo de esta debilidad que le repugna y la humilla, y prefiere emigrar. Pero frente a las infidelidades de Tomás, está como Dubcek frente a Breznev, desarmada y débil. Y ya sabe usted lo que es el vértigo: es estar borracho de la propia debilidad, es el deseo invencible de caer. Teresa comprende de pronto que «forma parte de los débiles, del campo de los débiles, del país de los débiles, y que tenía que serles fiel precisamente porque eran débiles y se quedan sin aliento en mitad de la frase». Y, borracha de su debilidad, abandona a Tomás y vuelve a Praga, a la «ciudad de los débiles». La situación histórica no es en este caso un segundo plano, un decorado ante el cual se desarrollan las situaciones humanas, sino que es en sí misma una situación humana, una situación existencial en aumento.

Del mismo modo, la Primavera de Praga en *El libro de la risa y el olvido* no está descrita en su dimensión político-histórico-social, sino como una de las situaciones existenciales fundamentales: el hombre (una generación de hombres) actúa (hace una revolución) pero su acto se le escapa, ya no le obedece (la revolución hace estragos, asesina, destruye), hace entonces todo lo posible por volver a capturar y domesticar ese acto desobediente (la generación crea un movimiento de oposición, reformador), pero es inútil. Nunca se puede volver a recuperar el acto que ya se nos ha escapado una vez.

C.S.: Esto recuerda la situación de Jacques el fatalista, de la que usted habló al comienzo.

M.K.: Pero esta vez se trata de una situación colectiva, histórica.

C.S.: Para comprender sus novelas, ¿es importante conocer la historia de Checoslovaquia?

M.K.: No. Todo lo que hay que saber lo dice la propia novela.

C.S.: ¿No supone algún conocimiento histórico la lectura de las novelas?

M.K.: Veamos la historia de Europa. Desde el año 1000 hasta nuestros días, no es sino una aventura común. Formamos parte de ella y todos nuestros actos, individuales o nacionales, sólo revelan su significado decisivo si los situamos en relación con ella. Puedo comprender a Don Quijote sin conocer la historia de España. No podría comprenderlo, en cambio, sin tener una idea, por global que fuera, de la aventura histórica de Europa, de su época caballeresca, por ejemplo, del amor cortés, del paso de la Edad Media a la Edad Moderna.

C.S.: En *La vida está en otra parte,* cada periodo de la vida de Jaromil está confrontado a fragmentos de la biografía de Rimbaud, Keats, Lermontov, etcétera. El desfile del Primero de Mayo en Praga se confunde con las manifestaciones estudiantiles de Mayo del 68 en París. De este modo crea usted para su protagonista un amplio escenario que abarca toda Europa. Sin embargo, su novela se desarrolla en Praga. Culmina justo en el momento del golpe de Estado comunista de 1948.

M.K.: Para mí, es la novela de la revolución europea en tanto que tal, en su condensación.

C.S.: ¿Revolución europea ese golpe, importado además de Moscú?

M.K.: Por inauténtico que haya sido ese golpe, fue vivido como una revolución. Con toda su retórica, sus ilusiones, sus reflejos, sus gestos, sus crímenes, se me aparece hoy como una condensación paródica de la tradición revolucionaria europea. Como la prolongación y la culminación grotesca de la época de las revoluciones europeas. De la misma forma que Jaromil, protagonista de la novela, «prolongación» de Victor Hugo y de Rimbaud, es la culminación grotesca de la poesía europea. Jaroslav, de *La broma,* prolonga la historia milenaria del arte popular en la época en que éste está a punto de desaparecer. El doctor Havel, en *El libro de los amores ridículos,* es un donjuán en el momento en que el donjuanismo ya no es posible. Franz, en *La insoportable levedad del ser,* es el último eco melancólico de la Gran Marcha de la izquierda europea. Y Teresa, en su pueblo perdido de Bohemia, no sólo se aparta de toda la vida pública de su país, sino «de la carretera por la que la humanidad, "dueña y señora de la naturaleza", marcha hacia adelante». Todos estos personajes consuman no sólo su historia personal, sino también, además, la historia suprapersonal de las aventuras europeas.

C.S.: Lo cual quiere decir que sus novelas se sitúan en el último acto de la Edad Moderna, al que usted llama «periodo de las paradojas terminales».

M.K.: De acuerdo. Pero evitemos un malentendido. Cuando escribí la historia de Havel en *El libro de los amores ridículos,* no tenía intención de hablar de un donjuán de la época en que la aventura del donjuanismo termina. Escribí una historia que me parecía divertida. Eso es todo. Todas esas reflexiones sobre las paradojas terminales, etcétera, no precedieron a mis novelas, sino todo lo contrario. Escribiendo *La insoportable levedad del ser*, inspirado por mis personajes, que de alguna forma se retiran todos del mundo, pensé en el destino de la famosa expresión de Descartes: el hombre, «dueño y señor de la naturaleza». Después de conseguir milagros en la ciencia y la técnica, ese «dueño y señor» se da cuenta de pronto de que nada posee y de que ni es dueño de la naturaleza (poco a poco ésta va abandonando el universo) ni de la Historia (que se le escapa) ni de sí mismo (puesto que es guiado por las potencias irracionales de su alma). Pero si Dios no cuenta y el hombre no es ya el dueño, ¿quién es entonces el dueño? El planeta avanza en el vacío sin dueño alguno. Ahí está la insoportable levedad del ser.

C.S.: Sin embargo, ¿no es un espejismo egocéntrico ver en la época presente el momento privilegiado, el más importante de todos, es decir, el momento del fin? ¡Cuántas veces Europa creyó ver su fin, su apocalipsis!

M.K.: A todas las paradojas terminales, añádale además la del fin en sí. Cuando un fenómeno anuncia, de lejos, su próxima desaparición, somos muchos los que lo sabemos y, a veces, los que lo lamentamos. Pero cuando la agonía toca a su fin, ya miramos para otro lado. La muerte se vuelve invisible. Hace ya bastante tiempo que el río, el ruiseñor, los caminos que atraviesan los prados, han desaparecido del pensamiento del hombre. Nadie los necesita ya. Cuando la naturaleza desaparezca mañana del planeta, ¿quién la echará en falta? ¿Dónde están los sucesores de Octavio Paz, de René Char? ¿Dónde están aún los grandes poetas? ¿Han desaparecido o su voz se ha vuelto inaudible? En todo caso, menudo cambio en nuestra Europa, en otros tiempos impensable sin poetas. Pero si el hombre ha perdido la necesidad de la poesía, ¿se dará cuenta de su desaparición? El fin no es una explosión apocalíptica. Probablemente no haya nada más apacible que el fin.

C.S.: Admitámoslo. Pero si algo está a punto de terminar, puede suponerse que alguna otra cosa está a punto de comenzar.

M.K.: Por supuesto.

C.S.: Pero ¿qué es lo que empieza? Eso no se ve en sus novelas. De ahí la siguiente duda: ¿no es posible que sólo vea usted la mitad de nuestra situación histórica?

M.K.: Es posible, pero en todo caso no sería tan grave. Hay que comprender lo que es la novela. Un historiador relata acontecimientos que han tenido lugar. Por el contrario, el crimen de Raskolnikov jamás ha visto la luz del día. La novela no examina la realidad, sino la existencia. Y la existencia no es lo que ya ha ocurrido, la existencia es el campo de las posibilidades humanas, todo lo que el hombre puede llegar a ser, todo aquello de lo que es capaz. Los novelistas perfilan *el mapa de la existencia* descubriendo tal o cual posibilidad humana. Pero una vez más: existir quiere decir: «ser-en-el-mundo». Hay que entender como *posibilidades tanto* al personaje *como* su mundo. En Kaf-

59

ka, todo esto está claro: el mundo kafkiano no se parece a ninguna realidad conocida, es una *posibilidad extrema y no realizada* del mundo humano. Es cierto que esta posibilidad se vislumbra detrás de nuestro mundo real y parece prefigurar nuestro porvenir. Por eso se habla de la dimensión profética de Kafka. Pero, aunque sus novelas no tuvieran nada de profético, no perderían su valor, porque captan una posibilidad de la existencia (posibilidad del hombre y de su mundo) y nos hacen ver lo que somos y de lo que somos capaces.

C.S.: ¡Pero las novelas escritas por usted se sitúan en un mundo perfectamente real!

M.K.: Recuerde *Los sonámbulos* de Broch, trilogía que abarca treinta años de historia europea. Para Broch, esta historia está claramente definida como una perpetua *degradación de los valores*. Los personajes están encerrados en este proceso como en una jaula y deben encontrar el comportamiento adecuado a esta desaparición progresiva de los valores comunes. Broch estaba, por supuesto, convencido de que su juicio histórico era acertado; dicho de otra manera, estaba convencido de que la posibilidad del mundo que él planteaba era una posibilidad realizada. Pero tratemos de imaginar que se equivocaba y que, paralelamente a este proceso de degradación, estaba en marcha otro proceso, una evolución positiva que Broch era incapaz de ver. ¿Habría cambiado algo en cuanto al valor de *Los sonámbulos*? No. Porque el proceso de degradación de los valores es una posibilidad indiscutible del mundo humano. Comprender al hombre arrojado al torbellino de este proceso, comprender sus actitudes, sus gestos, es lo único que cuenta. Broch ha descubierto un territorio desconocido de la existencia. Territorio de la existencia quiere decir: posibilidad de la existencia. Que esta posibilidad se transforme o no en realidad, es secundario.

C.S.: ¿De modo que la época de las paradojas terminales en la que se sitúan sus novelas no debe ser considerada como una realidad, sino como una posibilidad?

M.K.: Una posibilidad de Europa. Una visión posible de Europa. Una situación posible del hombre.

C.S.: Pero si intenta captar una posibilidad y no una realidad, ¿por qué tomar en serio la imagen que da, por ejemplo, de Praga y de los acontecimientos que allí se desarrollaron?

M.K.: Si el autor considera una situación histórica como una posibilidad inédita y reveladora del mundo humano, querrá describirla tal cual es. El caso es que la fidelidad a la realidad histórica es algo secundario en relación al valor de la novela. El novelista no es ni un historiador ni un profeta: es un explorador de la existencia.

Tercera parte
Notas inspiradas por *Los sonámbulos*

Composición

Trilogía compuesta por tres novelas: *Pasenow o el romanticismo; Esch o la anarquía; Huguenau o el realismo*. La historia de cada novela tiene lugar quince años después de la precedente: 1888; 1903; 1918. Ninguna de las novelas está relacionada con la otra por un nexo causal: cada una tiene su propio círculo de personajes y está construida a su manera, que no se parece a la de las otras dos.

Es cierto que Pasenow (protagonista de la primera novela) y Esch (protagonista de la segunda) vuelven a encontrarse en el escenario de la tercera novela, y que Bertrand (personaje de la primera novela) tiene un papel en la segunda. Sin embargo, la historia que Bertrand vivió en la primera novela (con Pasenow, Ruzena y Elisabeth) no tiene relación alguna con la segunda novela, y el Pasenow de la tercera novela no recuerda para nada su juventud (tratada en la primera novela).

Hay pues una diferencia radical entre *Los sonámbulos* y los otros grandes «frescos» del siglo XX (los de Proust, Musil, Thomas Mann, etcétera): no es ni la continuidad de la acción ni de la biografía (de un per-

65

sonaje, de una familia) la que, en Broch, logra la unidad del conjunto. Es otra cosa, menos visible, menos alcanzable, secreta: la continuidad del mismo *tema* (el del hombre confrontado al proceso de degradación de los valores).

Posibilidades

¿Cuáles son las posibilidades del hombre en la trampa en que se ha convertido el mundo?

La respuesta exige ante todo tener una ligera idea de lo que es el mundo. Contar con una hipótesis ontológica.

El mundo según Kafka: el universo burocratizado. La oficina, no como un fenómeno social entre otros, sino como esencia del mundo.

En esto estriba la semejanza (semejanza curiosa, inesperada) entre el hermético Kafka y el popular Hašek. Hašek, en *Las aventuras del valeroso soldado Schwejk,* no describió el ejército (al modo de un realista, un crítico social) como un ámbito de la sociedad austrohúngara, sino como una versión moderna del mundo. Al igual que la justicia de Kafka, el ejército de Hašek no es más que una inmensa institución burocratizada, un ejército-administración en el que las antiguas virtudes militares (valor, astucia, destreza) ya no sirven para nada.

Los burócratas militares de Hašek son necios; la lógica tan pedante como absurda de los burócratas de Kafka carece también de toda sabiduría. En Kafka, la necedad, velada por un manto de misterio, quiere parecer una parábola metafísica. La necedad intimida. A partir de sus actuaciones, de sus palabras ininteligibles, Josef K. tratará por todos los medios de descifrar un sentido. Porque si es terrible ser condenado a muerte, es absolutamente insoportable ser condenado sin motivo, como un mártir del sinsentido. K. Aceptará, pues, su culpabilidad y buscará su delito. En el último capítulo, protegerá a sus dos verdugos de la mirada de los policías municipales (que habrían podido salvarle) y, segundos antes de su muerte, se reprochará carecer de fuerzas para ahorcarse a sí mismo y ahorrarles el trabajo sucio.

Schwejk está en el lado opuesto al de K. Imita al mundo que le rodea (el mundo de la necedad) de un modo tan perfectamente sistemático que nadie llega a saber si es o no realmente idiota. Si se adapta tan fácilmente (¡y con tal placer!) al orden establecido, no es porque le encuentre algún sentido, sino porque no le ve absolutamente ninguno. Se divierte, divierte a los demás y, mediante la exageración de su conformismo, transforma el mundo en una única y fabulosa broma.

(Quienes hemos conocido la versión totalitaria, comunista, del mundo moderno, sabemos que esas dos actitudes, aparentemente artificiales, literarias, exageradas, son absolutamente reales; hemos vivido en el espacio limitado, por un lado, por la posibilidad de

K. y, por otro, por la de Schwejk; lo cual quiere decir: en el espacio del que un extremo es la identificación con el poder hasta la solidaridad de la víctima con su propio verdugo y el otro, la no-aceptación del poder mediante la negativa a tomar nada en serio; lo cual quiere decir: hemos vivido en el espacio entre el absoluto de la seriedad –K.– y el absoluto de la no-seriedad –Schwejk.)

Y en cuanto a Broch, ¿cuál es su hipótesis ontológica?

El mundo es el proceso de degradación de los valores (valores provenientes de la Edad Media), proceso que alcanza los cuatro siglos de la Edad Moderna y que es su esencia.

¿Cuáles son las posibilidades del hombre ante este proceso?

Broch descubre tres: la posibilidad Pasenow, la posibilidad Esch, la posibilidad Huguenau.

Posibilidad Pasenow

El hermano de Joachim Pasenow murió en un duelo. El padre dice: «Ha caído por el honor». Estas palabras se inscriben para siempre en la memoria de Joachim.

Pero su amigo Bertrand se asombra: ¿cómo en la época de los trenes y de las fábricas pueden dos hombres enfrentarse, rígidos, el uno frente al otro, con el brazo extendido, el revólver en la mano?

A lo que Joachim se dice: Bertrand no tiene sentido alguno del honor.

Y Bertrand continúa: los sentimientos resisten a la evolución del tiempo. Son un pozo indestructible de conservadurismo. Un residuo atávico.

La actitud de Joachim Pasenow es la atadura sentimental a los valores heredados, a su residuo atávico.

El motivo del uniforme sirve de introducción al personaje de Pasenow. Antaño, explica el narrador, la Iglesia, como juez supremo, dominó al hombre. El hábito del sacerdote era el signo del poder supraterrenal, mientras que el uniforme de oficial, la toga del magistrado, representaban lo profano. A medida que la influencia mágica de la Iglesia se borraba, el uniforme iba reemplazando el hábito sacerdotal y elevándose al nivel del absoluto.

El uniforme es lo que no elegimos, lo que nos es asignado; es la certeza de lo universal ante la precariedad de lo individual. Cuando los valores, antaño tan firmes, se cuestionan y con la cabeza gacha se alejan, el que no sabe vivir sin ellos (sin fidelidad, sin familia, sin patria, sin disciplina, sin amor) se arropa en la universalidad de su uniforme hasta el último botón, como si este uniforme fuese todavía el último vestigio de la trascendencia que puede protegerle del frío del porvenir, en el que ya no habrá nada que respetar.

La historia de Pasenow culmina en el transcurso de su noche de bodas. Su mujer, Elisabeth, no le quiere. No ve nada ante sí que no sea el porvenir del no-amor. Él se acuesta junto a ella sin desnudarse. Esto «había desordenado un poco su uniforme, los faldones caídos dejaban ver el pantalón negro, pero en cuanto Joachim se dio cuenta, los ordenó rápidamente y tapó el pantalón. Había doblado las piernas y, para no tocar la sábana con los zapatos de charol, con mucho esfuerzo mantenía los pies sobre la silla que estaba al lado de la cama».

Posibilidad Esch

Los valores provenientes de la época en que la Iglesia dominaba enteramente al hombre se habían quebrantado desde hacía largo tiempo, pero, para Pasenow, su contenido parecía todavía claro. No dudaba de lo que era su patria, sabía a qué debía ser fiel y quién era su Dios.

Ante Esch, los valores velan su rostro. Orden, fidelidad, sacrificio, estas palabras le son queridas, pero ¿qué representan, de hecho? ¿Por qué sacrificarse? ¿Qué orden exigir? Lo ignora.

Si un valor ha perdido su contenido concreto, ¿qué queda? Tan sólo una forma vacía; un imperativo sin respuesta pero que, con tanta mayor violencia, exige ser oído y obedecido. Cuanto menos sabe Esch lo que quiere, con más rabia lo desea.

Esch: fanatismo de la época sin Dios. Dado que todos los valores han cubierto su rostro con un velo, todo puede ser considerado valor. La justicia, el orden, Esch los busca a veces en la lucha sindical, otras en la religión, hoy en el poder policial, mañana en el milagro de América, adonde sueña emigrar. Podría ser un terrorista y también un terrorista arrepentido que denuncia a sus compañeros, militante de un partido, miembro de una secta y también un kamikaze dispuesto a sacrificar su vida. Todas las pasiones que reinan en la historia sangrante de nuestro siglo se encuentran contenidas, desenmascaradas, diagnosticadas y terriblemente aclaradas en su modesta aventura.

Está a disgusto en su oficina, discute, está cambiado. Así comienza su historia. La causa de todo el desorden que le irrita es, según él, un tal Nentwig, contable. Sabe Dios por qué él precisamente. Eso no impide que Esch esté decidido a ir a denunciarlo a la policía. ¿No es acaso su deber? ¿No les debe este favor a todos los que desean al igual que él la justicia y el orden?

Pero un día, en una taberna, Nentwig, quien no sospecha nada, le invita muy amablemente a su mesa y le ofrece una copa. Esch, desamparado, se esfuerza por recordar la falta de Nentwig, pero ésta «era ahora tan extrañamente impalpable y borrosa que Esch tuvo inmediatamente conciencia de lo absurdo de su proyecto y, con un gesto torpe, a pesar de todo algo avergonzado, cogió la copa».

El mundo se divide para Esch en el reino del Bien y el reino del Mal, pero ¡ay!, el Bien y el Mal son igualmente inidentificables (basta con encontrarse con Nentwig para que Esch no sepa quién es bueno y quién es malo). En ese carnaval de disfraces que es el mundo, únicamente Bertrand llevará hasta el fin el estigma del Mal en su rostro porque su falta está fuera de toda duda: es homosexual, perturbador del orden divino. Al comienzo de su novela Esch está dispuesto a denunciar a Nentwig, y al final acaba echando en el buzón una denuncia contra Bertrand.

Posibilidad Huguenau

Esch ha denunciado a Bertrand. Huguenau denuncia a Esch. Esch quiso con ello salvar el mundo. Huguenau quiso con ello salvar su carrera.

En el mundo sin valores comunes, Huguenau, arribista inocente, se siente maravillosamente cómodo. La ausencia de imperativos morales es su libertad, su liberación.

Es profundamente significativo que sea él quien, sin el menor sentimiento de culpabilidad, asesine a Esch. Ya que «el hombre que participa de una pequeña asociación de valores aniquila al hombre que pertenece a una asociación de valores más amplia pero en vías de disolución, el más miserable asume siempre el papel de verdugo en el proceso de degradación de los valores y, el día en que las trompetas del Juicio

Final suenen, será el hombre liberado de valores quien se convertirá en el verdugo de un mundo que se ha condenado a sí mismo».

La Edad Moderna, en la idea de Broch, es el puente que lleva del reino de la fe irracional al reino de lo irracional en un mundo sin fe. El hombre cuya silueta se perfila al comienzo de ese puente es Huguenau. Asesino feliz, inculpabilizable. El fin de la Edad Moderna en su versión eufórica.

K., Schwejk, Pasenow, Esch, Huguenau: cinco posibilidades fundamentales, cinco puntos de orientación sin los cuales me parece imposible perfilar el mapa existencial de nuestro tiempo.

Bajo los cielos de los siglos

Los planetas que dan vueltas en los cielos de la Edad Moderna se reflejan, siempre en una constelación específica, en el alma de un individuo; a través de esta constelación se definen la situación de un personaje, el sentido de su ser.

Broch habla de Esch y, de pronto, lo compara con Lutero. Los dos pertenecen a la categoría de los rebeldes (Broch la analiza ampliamente). «Esch es un rebelde como lo era Lutero.» Siempre suele buscarse las raíces de un personaje en su infancia. Las raíces de Esch (cuya infancia permanecerá para nosotros desconocida) se encuentran en otro siglo. El pasado de Esch es Lutero.

Para captar a Pasenow, el hombre uniformado, Broch tuvo que situarlo en medio del largo proceso histórico durante el cual el uniforme profano tomaba el lugar del hábito del sacerdote; de pronto, por encima de ese pobre oficial, la bóveda celeste de la Edad Moderna se iluminó en toda su extensión.

En Broch, el personaje no está concebido como una unicidad inimitable y pasajera, un segundo milagroso predestinado a desaparecer, sino como un puente sólido que se erige por encima del tiempo, donde Lutero y Esch, el pasado y el presente, se reencuentran.

Broch, en *Los sonámbulos,* prefigura, a mi entender, las posibilidades futuras de la novela, no tanto gracias a su filosofía de la Historia como a esta nueva forma de ver al hombre (de verlo bajo la bóveda celeste de los siglos).

Bajo la luz de este enfoque brochiano leí *Doktor Faustus* de Thomas Mann, novela que examina no sólo la vida de un músico llamado Adrian Leverkühn, sino también varios siglos de música alemana. Adrian no es solamente compositor, es el compositor que concluye la historia de la música (su más importante composición se llama, además, *El Apocalipsis).* Y no sólo es el último compositor, es también Fausto. Con los ojos puestos en el diabolismo de su nación (escribe esta novela a finales de la segunda guerra mundial), Thomas Mann piensa en el contrato que el hombre mítico, encarnación del espíritu alemán, había firmado con el diablo. Toda la historia de su país surge bruscamente como la única aventura de un único personaje: de un único Fausto.

Bajo este enfoque brochiano, leí *Terra Nostra* de Carlos Fuentes, donde se capta toda la gran aventura hispánica (europea y americana) mediante una increíble visión telescópica, mediante una increíble deformación onírica. El principio de Broch, *Esch es como Lutero,* se ha transformado en Fuentes en un principio más radical: *Esch es Lutero.* Fuentes nos proporciona la clave de su método: «Son necesarias varias vidas para hacer una sola persona». La vieja mitología de la reencarnación se materializa en una técnica novelesca que hace de *Terra Nostra* un inmenso y extraño sueño en el que la Historia está hecha y poblada siempre por los mismos personajes continuamente reencarnados. El mismo Ludovico que descubrió en México un continente hasta entonces desconocido se encontrará, unos siglos más tarde, en París, con la misma Celestina que, dos siglos antes, era la amante de Felipe II. *Et caetera.*

Es al final (final de un amor, de una vida, de una época) cuando el tiempo pasado se revela de pronto como un todo y asume una forma luminosamente clara y acabada. El momento del final para Broch es Huguenau, para Mann es Hitler. Para Fuentes es la frontera mítica de dos milenios; desde este observatorio imaginario, la Historia, esa anomalía europea, esa mancha en la pureza del tiempo, aparece como ya terminada, abandonada, solitaria, y de pronto, tan modesta, tan conmovedora como una pequeña historia individual que olvidaremos al día siguiente.

En efecto, si Lutero es Esch, la historia que lleva de Lutero a Esch no es más que la biografía de una única persona: Martín Lutero-Esch. Y toda la Historia no es más que la historia de algunos personajes (de un Fausto, de un Don Quijote, de un Don Juan, de un Esch) que han atravesado juntos los siglos de Europa.

Más allá de la causalidad

Dos seres solitarios, melancólicos, un hombre y una mujer, se encuentran en la casa de campo de Lévine. Se gustan el uno al otro y desean, secretamente, unir sus vidas. No esperan más que la oportunidad de encontrarse a solas un momento para decírselo. Por fin, un día, se encuentran sin testigos en un bosque donde han ido a buscar setas. Turbados, guardan silencio, sabiendo que ha llegado el momento y que no deben dejarlo escapar. Después de un largo silencio, la mujer, de pronto, «contra su voluntad, inesperadamente», empieza a hablar de setas. Luego se produce otro silencio, el hombre busca las palabras para su declaración, pero, en lugar de hablar de amor, «debido a un impulso inesperado», también él se pone a hablar de setas. En el camino de vuelta siguen hablando de setas, impotentes y desesperados, ya que nunca, lo saben muy bien, nunca se hablarán de amor.

Ya de regreso, el hombre se dice que no le ha hablado de amor por culpa de su amante muerta, cuyo recuerdo no puede traicionar. Pero nosotros sabemos perfectamente: es una falsa razón que él invoca para consolarse. ¿Consolarse? Sí. Pues uno se resigna a perder un amor si existe una razón. Pero no nos perdonaremos nunca el haberlo perdido sin razón alguna.

Este pequeño episodio tan hermoso es como la parábola de una de las mayores proezas de *Ana Karenina:* la puesta en evidencia del aspecto a-causal, incalculable, hasta misterioso, del acto humano.

¿Qué es el acto: el eterno interrogante de la novela, su interrogante, por así decirlo, constitutivo? ¿Cómo nace una decisión? ¿Cómo se transforma en acto y cómo los actos se encadenan para convertirse en aventura?

Los antiguos novelistas trataron de abstraer el hilo de una racionalidad límpida de la ajena y caótica materia de la vida; desde su óptica, el móvil racionalmente alcanzable engendra el acto, y éste provoca otro. La aventura es el encadenamiento, luminosamente causal, de los actos.

Werther ama a la mujer de su amigo. No puede traicionar al amigo, no puede renunciar a su amor, por lo tanto, se mata. El suicidio transparente como una ecuación matemática.

Pero ¿por qué se suicida Ana Karenina?

El hombre que en lugar de hablar de amor habla de setas quiere creer que el motivo es su afecto por la amante desaparecida. Las razones que podríamos atribuir al acto de Ana tendrían el mismo valor. Es cierto que la gente le mostraba desprecio, pero ¿no podía acaso despreciarla ella a su vez? No le permitían visitar a su hijo, pero ¿era ésta una situación sin apelación y sin salida? Vronski estaba ya un tanto desencantado, pero, pese a todo, ¿no seguía amándola?

Por otra parte, Ana no ha ido a la estación para matarse. Ha ido a buscar a Vronski. Se tiró bajo el tren sin haber tomado la decisión. Es más bien la decisión la que la toma a ella por sorpresa. Al igual que el hombre que, en lugar de amar, habla de setas, Ana actúa «en virtud de un impulso inesperado». Lo cual no quiere decir que su acto esté desprovisto de sentido. Sólo que ese sentido se encuentra más allá de la causalidad racionalmente alcanzable. Tolstoi tuvo que utilizar (por primera vez en la historia de la novela) el monólogo interior casi joyciano para restituir el sutil tejido de los impulsos huidizos, de las sensaciones pasajeras, de las reflexiones fragmentarias, a fin de mostrarnos la evolución suicida del alma de Ana.

Con Ana estamos lejos de Werther, lejos también del Kirilov de Dostoievski. Éste se mata porque le han llevado a ello intereses muy claramente definidos, intrigas muy nítidamente trazadas. Su acto, aunque enloquecido, es racional, consciente, meditado, premeditado. El carácter de Kirilov se fundamenta enteramente en su extraña filosofía del suicidio, y su acto no es sino la prolongación perfectamente lógica de sus ideas.

Dostoievski capta la locura de la razón que, en su empecinamiento, quiere llegar hasta el fondo de su lógica. El campo de exploración de Tolstoi se sitúa en el lado opuesto: revela las intervenciones de lo ilógico, de lo irracional. Por eso he hablado de él. La referencia a Tolstoi sitúa a Broch en el contexto de una de las grandes exploraciones de la novela europea: la exploración del papel que lo irracional desempeña en nuestras decisiones, en nuestra vida.

Las con-fusiones

Pasenow frecuenta a una puta checa, llamada Ruzena, pero sus padres preparan su casamiento con una muchacha de su círculo: Elisabeth. Passenow no quiere a Elisabeth, sin embargo le atrae. A decir verdad, lo que le atrae no es Elisabeth, sino todo lo que Elisabeth *representa* para él.

Cuando va a verla por primera vez, las calles, los jardines, las casas de la zona donde vive irradian «una gran seguridad insular»; la casa de Elisabeth lo acoge con su atmósfera feliz, «toda seguridad y dulzura, bajo la égida de la amistad» que, un día, «se transformaría en amor» para que «el amor, a su vez, un día, se diluya en amistad». El valor que Pasenow desea (la seguridad amistosa de una familia) se le presenta antes de que él vea a quien deberá ser (sin saberlo él y en contra de su naturaleza) portadora de ese valor.

Está sentado en la iglesia de su pueblo natal y, con los ojos cerrados, imagina a la Sagrada Familia en una nube plateada con, en medio, la indescriptible belleza de la Virgen María. De niño, se exaltaba ya, en la misma iglesia, ante la misma imagen. Por entonces amaba a una sirvienta polaca que trabajaba en la granja de su padre y, en su ensoñación, la confundía con la Virgen, imaginándose sentado en sus hermosas rodillas, las rodillas de la Virgen convertida en sirvienta. Ahora, con los ojos cerrados, ve de nuevo a la Virgen y, de pronto, comprueba que su pelo es rubio. Sí, ¡María tiene el pelo de Elisabeth! ¡Queda sorprendido, impresionado! Le parece que, por mediación de este ensueño, el mismo Dios le hace saber que Elisabeth, a quien no ama, es de hecho su auténtico y único amor.

La lógica irracional se funda en el mecanismo de la con-fusión: Pasenow tiene un escaso sentido de la realidad; se le escapa la causa de los acontecimientos; nunca sabrá lo que se oculta tras la mirada de los demás; sin embargo, aunque encubierto, irreconocible, a-causal, el mundo exterior no permanece mudo: le habla. Es como en el célebre poema de Baudelaire en el que «los largos ecos... se confunden», en el que «los perfumes, los colores y los sonidos se responden»: una cosa se aproxima a otra, se confunde con ella (Elisabeth se confunde con la Virgen) y de este modo, mediante este acercamiento, se explica.

Esch es amante de lo absoluto. «Sólo se puede amar una vez» es su lema y, puesto que la señora Hentjen le ama, ésta no ha podido amar (según la lógica de Esch) a su primer marido muerto. El resultado de ello es que su marido ha abusado de ella y no ha podido ser más que un sinvergüenza. Un sinvergüenza como Bertrand. Porque los representantes del mal son intercambiables. Se con-funden. No son sino diversas manifestaciones de la misma esencia. En el momento en que Esch acaricia con los ojos el retrato del señor Hentjen colgado de la pared, la idea atraviesa su espíritu: ir inmediatamente a denunciar a Bertrand a la policía. Porque si Esch castiga a Bertrand, es como si castigara al primer marido de la señora Hentjen, es como si nos desembarazase, a todos nosotros, de una pequeña porción del mal común.

Las selvas de símbolos

Es necesario leer atentamente, lentamente, *Los sonámbulos*, detenerse en las acciones tanto ilógicas como comprensibles, para ver un *orden* oculto, subterráneo, sobre el que se fundan las decisiones de un Pasenow, de una Ruzena o de un Esch. Estos personajes no son capaces de afrontar la realidad como algo concreto. Ante sus ojos todo se transforma en símbolos (Elisabeth en símbolo de la quietud familiar, Bertrand en símbolo del infierno), y es a los símbolos a los que reaccionan cuando creen actuar sobre la realidad.

Broch nos hace comprender que el sistema de las con-fusiones, el sistema del *pensamiento simbólico,* está en la base de todo comportamiento, tanto individual como colectivo. Basta con examinar nuestra propia vida para ver hasta qué punto este sistema irracional incide, mucho más que la reflexión razonable, sobre nuestras actitudes: ese hombre que, por su pasión por los peces de acuario, me recuerda a otro que, hace tiempo, fue causante de una terrible desgracia, provocará siempre en mí una desconfianza irrefrenable...

El sistema irracional domina igualmente la vida política: la Rusia comunista, con la última guerra mundial, también ha ganado la guerra de los símbolos: ha conseguido, al menos por medio siglo, repartir los símbolos del Bien y del Mal entre ese inmenso ejército de los Esch, tan ávidos de valores como incapaces de distinguirlos. Por eso, en la conciencia europea, el gulag nunca podrá ocupar el lugar del nazismo en tanto que símbolo del Mal absoluto. Por eso hay manifestaciones masivas, espontáneas, contra la guerra de Vietnam y no contra la guerra en Afganistán. Vietnam, colonialismo, racismo, imperialismo, fascismo, nazismo, todos estos términos se corresponden como los colores y los sonidos en el poema de Baudelaire, mientras que la guerra en Afganistán es, por decirlo de algún modo, *simbólicamente muda,* está en cualquier caso más allá del círculo mágico del Mal absoluto, géiser de símbolos.

Pienso también en esas hecatombes cotidianas en

las carreteras, en esa muerte tan espantosa como trivial y que no se parece ni al cáncer ni al sida porque,
no siendo obra de la naturaleza sino del hombre, es
una muerte casi voluntaria. ¿Cómo no nos llena de
estupor, no trastorna nuestra vida, no nos incita a
grandes reformas? No, no nos llena de estupor porque, como Pasenow, tenemos un escaso sentido de lo
real, y esta muerte, disimulada bajo la máscara de un
hermoso coche, representa, en la esfera sub-real de los
símbolos, la vida; sonriente, se confunde con la modernidad, la libertad, la aventura, al igual que Elisabeth se confundía con la Virgen. La muerte de los
condenados a la pena capital, aunque infinitamente
menos frecuente, atrae mucho más nuestra atención,
despierta pasiones: confundiéndose con la imagen del
verdugo, tiene un voltaje simbólico mucho más in-
tenso, mucho más sombrío e indignante. *Et caetera.*

El hombre es un niño extraviado —por citar una
vez más el poema de Baudelaire— en las «selvas de los
símbolos».

(El criterio de la madurez: la facultad de resistir a los
símbolos. Pero la humanidad es cada vez más joven.)

Polihistoricismo

Cuando habla de sus novelas, Broch rechaza la estética de la novela «psicológica» y le opone la novela

que él denomina «gnoseológica» o «polihistórica». Me parece que el segundo término, en concreto, está mal elegido e induce al error. Fue Adalbert Stifter, compatriota de Broch, fundador de la prosa austriaca, quien, con su novela *Der Nachsommer* de 1857 (sí, el gran año de *Madame Bovary)*, creó una «novela polihistórica» en el sentido exacto del término. Esa novela es, por otra parte, famosa porque Nietzsche la clasificó entre los cuatro libros más importantes de la prosa alemana. Para mí es apenas legible: en ella aprendemos mucho de geología, botánica, zoología, de todas las artesanías, de pintura y arquitectura, pero el hombre y las situaciones humanas se encuentran completamente al margen de esta gigantesca enciclopedia edificante. Precisamente debido a su «polihistoricismo», esta novela carece totalmente de la especificidad de la novela.

Ahora bien, éste no es el caso de Broch. Broch persigue «lo que únicamente la novela puede descubrir». Pero sabe que la forma convencional (fundamentada exclusivamente en la aventura de un personaje y contentándose con el simple relato de esta aventura) limita la novela, reduce sus capacidades cognoscitivas. Sabe igualmente que la novela tiene una extraordinaria facultad integradora: mientras la poesía o la filosofía no están en condiciones de integrar la novela, la novela es capaz de integrar tanto la poesía como la filosofía sin perder por ello nada de su identidad, que se caracteriza precisamente (basta con recordar a Rabelais y a Cervantes) por su tendencia a abarcar otros géneros, a absorber los conocimientos filosóficos y científicos. En la óptica de Broch, pues, el término «polihistórico» quiere decir: movilizar todos los medios intelectuales y todas las formas poéticas para esclarecer «lo que únicamente la novela puede descubrir»: el ser del hombre.

Esto, naturalmente, deberá implicar una profunda transformación de la forma de la novela.

Lo incumplido

Voy a permitirme ser muy personal: la última novela de *Los sonámbulos (Huguenau o el realismo)*, donde se lleva lo más lejos posible la tendencia sintética y la transformación de la forma, me produce, además de un gran placer admirativo, algunas insatisfacciones:

—la intención «polihistórica» exige una técnica de elipsis que Broch no ha encontrado; se resiente por ello la claridad arquitectónica;

—los distintos elementos (verso, narración, aforismos, reportaje, ensayo) quedan más yuxtapuestos que fundidos en una auténtica unidad «polifónica»;

—el excelente ensayo sobre la degradación de los valores, aunque presentado como un texto escrito por un personaje, puede ser fácilmente entendido como el razonamiento del autor, como la verdad de la novela, su resumen, su tesis, y alterar así la indispensable relatividad del espacio novelesco.

Todas las grandes obras (y precisamente porque lo son) contienen algo incumplido. Broch nos inspira no sólo por todo lo que ha llevado a buen término, sino también por todo lo que se ha propuesto sin alcanzarlo. Lo incumplido en su obra puede hacernos comprender la necesidad de: 1) un nuevo arte de *despojamiento radical* (que permita abarcar la complejidad de la existencia en el mundo moderno sin perder la claridad arquitectónica); 2) un nuevo arte del *contrapunto novelesco* (capaz de soldar en una única música la filosofía, la narración y el ensueño); 3) un arte del *ensayo específicamente novelesco* (es decir, que no pretenda aportar un mensaje apodíctico, sino que siga siendo hipotético, lúdico o irónico).

Las diversas modernidades

De todos los grandes novelistas de nuestro siglo, Broch es probablemente el menos conocido. No es muy difícil saber por qué. En cuanto termina *Los sonámbulos* ve a Hitler en el poder y la vida cultural alemana aniquilada; cinco años más tarde, abandona Austria y se traslada a América, donde permanece hasta su muerte. En esas condiciones, su obra, privada de sus lectores naturales, privada del contacto con una vida literaria normal, ya no puede desempeñar su papel en su tiempo: reunir en torno a ella una comunidad de lectores, seguidores y conocedores, crear escuela, influir en otros escritores. Al igual que la obra de Musil y la de Gombrowicz, la de Broch fue descubierta (redescubierta) con gran atraso (y después de la muerte de su autor) por quienes, como el propio Broch, estaban poseídos por la pasión de las formas nuevas, dicho de otro modo, por quienes tenían una orientación «moderna». Pero su modernidad no se parecía a la de Broch. No porque fuera más tardío, más avanzado; era diferente por sus raíces, por su actitud con respecto al mundo moderno, por su estética. Esta diferencia causó cierta molestia: Broch (al igual que Musil, al igual que Gombrowicz) apareció como un gran innovador pero no respondía a la imagen corriente y convencional de la modernidad (porque, en la segunda mitad de este siglo, hay que contar con la modernidad de las normas codificadas, la modernidad universitaria, por decirlo así, titularizada).

Esa modernidad titularizada exige, por ejemplo, la destrucción de la forma novelesca. En la óptica de Broch, las posibilidades de la forma novelesca están lejos de haberse agotado.

La modernidad titularizada exige que la novela se deshaga del artificio del personaje, que, a fin de cuentas, según él, no es más que una máscara que disimula inútilmente el rostro del autor. En los personajes de Broch, el yo del autor es indetectable.

La modernidad titularizada ha proscrito la noción

de totalidad, precisamente un término que Broch, por el contrario, utiliza de buena gana para decir: en la época de la excesiva división del trabajo, de la especialización desenfrenada, la novela es una de las últimas posiciones desde la que el hombre puede aún mantener relaciones con la vida en su conjunto.

Según la modernidad titularizada, entre la novela «moderna» y la novela «tradicional» (siendo esa novela «tradicional» el saco en el que fueron a parar en tropel todas las fases de cuatro siglos de novela) hay una frontera infranqueable. En la óptica de Broch, la novela moderna continúa la misma búsqueda en la que han participado todos los grandes novelistas desde Cervantes.

Detrás de la modernidad titularizada hay un residuo ingenuo de creencia escatológica: una Historia acaba y otra (mejor), fundamentada sobre una base totalmente nueva, comienza. En Broch está la conciencia melancólica de una Historia que se acaba en circunstancias profundamente hostiles a la evolución del arte y de la novela en particular.

Cuarta parte
Diálogo sobre el arte de la composición

Christian Salmon: Voy a empezar esta conversación con una cita de su texto sobre Hermann Broch. Dice usted: «Todas las grandes obras (y precisamente porque lo son) contienen algo incumplido. Broch nos inspira no sólo por todo lo que ha llevado a buen término, sino también por todo lo que se ha propuesto sin alcanzarlo. Lo incumplido en su obra puede hacernos comprender la necesidad de: 1) un nuevo arte de *despojamiento radical* (que permita abarcar la complejidad de la existencia en el mundo moderno sin perder la claridad arquitectónica); 2) un nuevo arte del *contrapunto novelesco* (capaz de soldar en una única música la filosofía, la narración y el ensueño); 3) un arte del *ensayo específicamente novelesco* (es decir, que no pretenda aportar un mensaje apodíctico, sino que siga siendo hipotético, lúdico o irónico)». En estos tres puntos detecto su propio programa artístico. Empecemos por el primero. Despojamiento radical.

M.K.: Alcanzar la complejidad de la existencia en el mundo moderno exige, me parece, una técnica de elipsis, de condensación. De otra manera se puede caer en la trampa de lo interminable. *El hombre sin atri-butos* es una de las dos o tres novelas que más me gus-tan. Pero no me pida que admire su gran extensión in-acabada. Imagínese un castillo tan enorme que no se lo pueda abarcar con la mirada. Imagínese un cuarte-to que dure nueve horas. Hay límites antropológicos que no conviene sobrepasar, los límites de la memo-ria, por ejemplo. Al finalizar la lectura, hay que estar todavía en condiciones de recordar el principio. De otro modo la novela resulta informe, su «claridad ar-quitectónica» se ensombrece.

C.S.: *El libro de la risa y el olvido* se compone de sie-te partes. Si usted las hubiera tratado de una forma menos elíptica, hubiera podido escribir siete largas novelas distintas.

M.K.: Pero si hubiera escrito siete novelas inde-pendientes, no habría podido esperar captar «la com-plejidad de la existencia en el mundo moderno» en un único libro. El arte de la elipsis me parece, pues, una necesidad. Exige: ir siempre directamente al meo-llo de la cuestión. En este sentido, pienso en el com-positor a quien admiro apasionadamente desde mi in-fancia: Leos Janacek. Es uno de los más grandes de la música moderna. Cuando Schönberg y Stravinski componen aún composiciones para gran orquesta, él ya se da cuenta de que una partitura para orquesta se desploma bajo el peso de notas inútiles. Mediante esta voluntad de despojamiento comenzó su rebelión. En cada composición musical, ¿sabe usted?, hay mu-cha técnica: la exposición de un tema, el desarrollo, las variaciones, el trabajo polifónico a veces muy automatizado, los rellenos de orquestación, las transiciones, etcétera. Hoy puede hacerse música con ordenadores, pero el ordenador siempre existió en la cabeza de los compositores: en un caso límite, podían hacer una sonata sin una sola idea original, con sólo desarrollar «cibernéticamente» las reglas de la composición. El imperativo de Janacek era: ¡destruir el «ordenador»! En lugar de las transiciones, una brutal yuxtaposición; en lugar de las variaciones, la repetición, e ir siempre al meollo de las cosas: sólo la nota que dice algo esencial tiene derecho a existir. Con la novela ocurre casi lo mismo: también la entorpecen la «técnica», las convenciones que actúan en lugar del autor: exponer al personaje, describir un ambiente, introducir la acción en una situación histórica, llenar el tiempo de la vida de los personajes con episodios inútiles; cada cambio de decorado exige nuevas exposiciones, descripciones, explicaciones. Mi imperativo es «janacekiano»: liberar la novela del automatismo de la técnica novelesca, del verbalismo novelesco, darle densidad.

C.S.: Habla usted en segundo lugar del «nuevo arte del contrapunto novelesco». En Broch no le satisface del todo.

M.K.: Tome la tercera novela de *Los sonámbulos*. Se compone de cinco elementos, cinco «líneas» intencionadamente heterogéneas: 1) la *narración novelesca* basada en los tres principales personajes de la trilogía: Pasenow, Esch, Huguenau; 2) el *relato intimista* sobre Hanna Wendling; 3) el *reportaje* sobre un hospital militar; 4) el *relato poético* (parte en verso) sobre una joven del Ejército de Salvación; 5) el *ensayo filosófico* (escrito en un lenguaje científico) sobre la degradación de los valores. Cada una de estas cinco líneas es en sí misma magnífica. Sin embargo, estas líneas, aunque tratadas simultáneamente, en una alternancia perpetua (es decir con una clara intención «polifónica»), no están unidas, no forman un conjunto indivisible; dicho de otro modo, la intención polifónica permanece artísticamente inacabada.

C.S.: El término polifónico aplicado de manera metafórica a la literatura, ¿no conduce a exigencias que la novela no puede satisfacer?

M.K.: La polifonía musical es el desarrollo *simultáneo* de dos o más voces (líneas melódicas) que, aunque perfectamente ligadas, conservan su relativa independencia. ¿Polifonía novelesca? Digamos ante todo lo que está en el polo opuesto: la composición unilineal. Ahora bien, desde el comienzo de su historia, la novela trata de evadirse de la unilinealidad y de abrir brechas en la narración continua de una historia. Cervantes cuenta el viaje completamente lineal de Don Quijote. Pero, mientras viaja, Don Quijote encuentra a otros personajes que cuentan sus propias historias. En el primer volumen hay cuatro. Cuatro brechas que permiten salir de la trama lineal de la novela.

C.S.: ¡Pero eso no es polifonía!

M.K.: Porque ahí no hay simultaneidad. Haciendo nuestra la terminología de Chklovski, se trata de relatos «encajados» en la «caja» de la novela. Este método del «encajamiento» puede encontrarse en muchos novelistas de los siglos XVII y XVIII. El siglo XIX ha desarrollado otra forma de ir más allá que la linealidad, forma que, a falta de algo mejor, podemos llamar polifónica. *Los demonios.* Si analizamos esta novela desde el punto de vista puramente técnico, podemos comprobar que está compuesta de tres líneas que evolucionan simultáneamente que, en rigor, hubieran podido formar tres novelas independientes: 1) la novela *irónica* del amor entre la vieja Stavroguin y Stepan Verjovenski; 2) la novela *romántica* de Stavroguin y sus relaciones amorosas; 3) la novela *política* de un grupo revolucionario. Dado que todos los personajes se conocen entre sí, una fina técnica de fabulación ha podido ligar fácilmente estas tres líneas en un único conjunto indivisible. Comparemos ahora esta polifonía dostoievskiana con la de Broch. Ésta llega mucho más lejos. Mientras las tres líneas de *Los demonios*, aunque de *carácter* diferente, son de un mismo *género* (tres historias *novelescas)*, en Broch los géneros de las cinco líneas difieren radicalmente: novela; relato; reportaje; poema; ensayo. Esta integración de los géneros no novelescos en la polifonía de la novela constituye la innovación revolucionaria de Broch.

C.S.: Pero, según usted, estas cinco líneas no están suficientemente soldadas. Efectivamente, Hanna Wendling no conoce a Esch, la joven del Ejército de Salvación nunca sabrá de la existencia de Hanna Wendling. Ninguna técnica de fabulación puede, pues, unir en un solo conjunto esas cinco líneas diferentes, que no se encuentran, que no se cruzan.

M.K.: Sólo las liga un tema común. Pero esta unión temática me parece perfectamente suficiente. El problema de la desunión está en otra parte. Recapitulemos: en Broch, las cinco líneas de la novela evolucionan simultáneamente, sin encontrarse, unidas por uno o varios temas. He designado esta especie de composición con un término sacado de la musicología: polifonía. Verá usted que no es tan inútil comparar la novela con la música. En efecto, uno de los principios fundamentales de los grandes polifonistas era la *igualdad de las voces*: ninguna voz debe dominar, ninguna debe servir de simple acompañamiento. Ahora bien, lo que me parece ser un defecto de la tercera novela de *Los sonámbulos* es que las cinco «voces» no son iguales. La línea número uno (el relato «romántico» sobre Esch y Huguenau) ocupa cuantitativamente mucho más espacio que las otras líneas y, sobre todo, está privilegiada cualitativamente en la medida en que, por intermedio de Esch y Pasenow, está ligada a las dos novelas precedentes. Atrae, por lo tanto, más la atención y corre el riesgo de reducir el papel de las otras cuatro «líneas» a un simple «acompañamiento». Otra cosa: si una fuga de Bach no puede prescindir de ninguna de sus voces, por el contrario es muy factible imaginar el relato sobre Hanna Wendling o el ensayo sobre la degradación de los valores como textos independientes cuya ausencia no haría perder a la novela ni su sentido ni su inteligibilidad. Ahora bien, para mí, las condiciones *sine qua non* del contrapunto novelesco son: 1) la igualdad de las «líneas» respectivas; 2) la indivisibilidad del conjunto. Recuerdo el día en que terminé la tercera parte de *El libro de la risa y el olvido*, titulada «Los ángeles». Confieso que me sentía sumamente orgulloso, convencido de haber descubierto una nueva forma de construir un relato. Este texto se compone de los siguientes elementos: 1) la anécdota sobre las dos estudiantes y su levitación; 2) el relato autobiográfico; 3) el ensayo crítico sobre un libro feminista; 4) la fábula sobre el ángel y el diablo; 5) el relato sobre Eluard que vuela sobre Praga. Estos elementos no pueden existir el uno sin el otro, se aclaran y se explican mutuamente al examinar una sola pregunta: «¿qué es un ángel?». Esta única interrogación los une. La sexta parte, titulada también «Los ángeles», se compone de: 1) el relato onírico sobre la muerte de Tamina; 2) el relato autobiográfico de la muerte de mi padre; 3) reflexiones musicológicas; 4) reflexiones sobre el olvido que asola Praga. ¿Qué vínculo une a mi padre y a Tamina torturada por los niños? Se trata, por evocar la frase preferida de los surrealistas, «del encuentro de una máquina de coser con un paraguas» sobre la mesa de un mismo tema. La polifonía novelesca es mucho más poesía que técnica.

C.S.: En *La insoportable levedad del ser* el contrapunto es más discreto.

M.K.: En la sexta parte, el carácter polifónico es muy sorprendente: la historia del hijo de Stalin, una reflexión teológica, un acontecimiento político en Asia, la muerte de Franz en Bangkok y el entierro de Tomás en Bohemia están ligados por la permanente interrogación «¿qué es el kitsch?». Este pasaje polifónico es la clave de arco de toda la construcción. Todo el secreto del equilibrio arquitectónico está ahí.

C.S.: ¿Qué secreto?

M.K.: Hay dos. *Primo,* esta parte no se fundamenta sobre la trama de una historia, sino sobre un ensayo (ensayo sobre el kitsch). Algunos fragmentos de la vida de los personajes van insertados en este ensayo como «ejemplos», «situaciones que deben analizarse». Y así, «de paso» y con mayor brevedad, se averigua el fin de Franz, de Sabina, el desenlace de las relaciones entre Tomás y su hijo. Esta elipsis aligeró enormemente la construcción. *Secundo,* el desplazamiento cronológico: los hechos de la sexta parte transcurren después de los de la séptima (y última) parte. Gracias a ese desplazamiento, la última parte, a pesar de su carácter idílico, queda inundada de una melancolía proveniente de nuestro conocimiento del futuro.

C.S.: Vuelvo a su estudio sobre *Los sonámbulos.* Usted expresó algunas reservas acerca del ensayo sobre la degradación de los valores. Debido a su tono apodíctico, a su lenguaje científico, ese ensayo puede imponerse, según usted, como la clave ideológica de la novela, como su «Verdad», transformando toda la trilogía de *Los sonámbulos* en la simple ilustración novelada de una gran reflexión. Por eso habla usted de la necesidad de un «arte del ensayo específicamente novelesco».

M.K.: Ante todo, una evidencia: al incorporarse a la novela, la meditación cambia de esencia. Fuera de la novela, nos encontramos en el terreno de las afirmaciones: todos están seguros de lo que dicen: el político, el filósofo, el portero. En el terreno de la novela, no se afirma: es el terreno del juego y de las hipótesis. La meditación novelesca es, pues, esencialmente, interrogativa, hipotética.

C.S.: Pero ¿por qué un novelista ha de privarse del derecho a expresar en su novela su filosofía directa y afirmativamente?

M.K.: Existe una diferencia fundamental entre la manera de pensar de un filósofo y la de un novelista. Se habla con frecuencia de la filosofía de Chejov, de Kafka, de Musil, etcétera. Pero ¡trate de extraer una filosofía coherente de sus escritos! Incluso cuando expresan sus ideas directamente, en sus cuadernos íntimos, éstas son más ejercicios de reflexión, juego de paradojas, improvisaciones, que afirmación de un pensamiento.

C.S.: Dostoievski es, sin embargo, completamente afirmativo en su *Diario de un escritor*.

M.K.: Pero no reside ahí la grandeza de su pensamiento. Aunque gran pensador, lo es únicamente en tanto que novelista. Lo cual quiere decir: sabe crear en sus personajes universos intelectuales extraordinariamente ricos e inéditos. La gente gusta de buscar en sus personajes la proyección de sus ideas. Por ejemplo, en Chatov. Pero Dostoievski ha tomado todas las precauciones. Desde su primera aparición, Chatov está caracterizado con bastante crueldad: «era uno de esos idealistas rusos que, iluminados de pronto por alguna idea inmensa, han quedado deslumbrados por ella, quizá para siempre. Nunca llegan a dominar esta idea, creen en ella apasionadamente, y a partir de entonces se diría que toda su existencia ya no es más que una agonía bajo la piedra que les ha semiaplastado». Así pues, aunque Dostoievski proyectó en Chatov sus propias ideas, éstas quedan inmediatamente relativizadas. La regla vale también para Dostoievski: una vez incorporada a la novela, la meditación cambia de esencia: un pensamiento dogmático pasa a ser hipotético. Esto es lo que se les escapa a los filósofos cuando intentan escribir una novela. Una única excepción. Diderot. ¡Su admirable *Jacques el fatalista!* Tras franquear la frontera de la novela, este enciclopedista serio se transforma en pensador lúdico: ni una sola frase de su novela es seria, todo en ella es juego. Por eso en Francia esta novela es escandalosamente subestimada. De hecho, este libro concentra todo lo que Francia ha perdido y se niega a reencontrar. Hoy se prefieren las ideas a las obras. *Jacques el fatalista* es intraducible en el lenguaje de las ideas.

C.S.: En *La broma*, Jaroslav desarrolla una teoría musicológica. El carácter hipotético de esta reflexión es, por lo tanto, claro. Pero en sus novelas se encuentran pasajes en los cuales es usted, directamente, quien habla.

100

M.K.: Aunque soy yo quien habla, mi reflexión está ligada a un personaje. Quiero reflexionar sobre sus actitudes, sobre su forma de ver las cosas, en su lugar y con mayor profundidad de lo que él podría hacerlo. La segunda parte de *La insoportable levedad del ser* empieza por una larga reflexión sobre las relaciones entre el cuerpo y el alma. Sí, es el autor quien habla; sin embargo todo lo que dice sólo es válido en el campo magnético de un personaje: Teresa. Es la manera que tiene Teresa de ver las cosas (aunque nunca la haya formulado).

C.S.: Pero con frecuencia sus meditaciones no están ligadas a personaje alguno, por ejemplo las reflexiones musicológicas en *El libro de la risa y el olvido* o sus consideraciones sobre la muerte del hijo de Stalin en *La insoportable levedad del ser*...

M.K.: Es cierto. Me gusta de vez en cuando intervenir directamente, como autor, como yo mismo. En este caso, todo depende del tono. Desde la primera palabra mi reflexión tiene un tono lúdico, irónico, provocador, experimental o interrogativo. Toda la sexta parte de *La insoportable levedad del ser* («La Gran Marcha») es un ensayo sobre el kitsch que tiene por tesis principal: «El kitsch es la negación absoluta de la mierda». Toda esta meditación sobre el kitsch tiene para mí una importancia capital, hay detrás de ella muchas reflexiones, experiencias, estudios, y hasta pasión, pero el tono nunca es serio: es provocador. Este ensayo es impensable fuera de la novela; es lo que llamo un «ensayo específicamente novelesco».

C.S.: Ha hablado usted del contrapunto novelesco en tanto que unión de la filosofía, del relato y de los sueños. Detengámonos en los sueños. La narración onírica ocupa toda la segunda parte de *La vida está en otra parte;* en ella se fundamenta la sexta parte de *El libro de la risa y el olvido* y, a través de los sueños de Teresa, recorre *La insoportable levedad del ser.*

M.K.: La narración onírica; digamos más bien: la imaginación que, liberada del control de la razón, de la preocupación por lo verosímil, penetra en paisajes inaccesibles a la reflexión racional. El sueño no es más que el modelo de esta clase de imaginación, que considero la mayor conquista del arte moderno. Pero ¿cómo integrar la imaginación *incontrolada* en la novela, que, por definición, debe ser un examen *lúcido* de la existencia? ¿Cómo unir elementos tan heterogéneos? ¡Esto exige una auténtica alquimia! El primero que, me parece, pensó en esta alquimia fue Novalis. En el primer tomo de su novela *Heinrich von Ofterdingen,* introdujo tres grandes sueños. No se trata de una imitación «realista» de los sueños, como ocurre con Tolstoi o Mann. Es una gran poesía inspirada en la «técnica de imaginación» propia del sueño. Sin embargo, no se sentía satisfecho. Le parecía que estos tres sueños formaban en la novela como tres islas separadas. Quiso, pues, ir más lejos y escribir el segundo tomo de la novela como una narración en la que el sueño y la realidad estuvieran ligados entre sí, mezclados de tal manera que ya fuera imposible distinguirlos. Pero nunca escribió ese segundo tomo. Nos dejó únicamente algunas notas en las que describe su intención estética. La realizó veinte años más tarde Franz Kafka. Sus novelas son la fusión sin fallos del sueño y la realidad. Es a la vez la mirada más lúcida sobre el mundo moderno y la imaginación más desatada. Kafka es, ante todo, una inmensa revolución estética. Un milagro artístico. Vea, por ejemplo, ese increíble capítulo de *El castillo* en el que K. hace por primera vez el amor con Frieda. O el capítulo en el que transforma un aula de escuela primaria en un dormitorio para él, Frieda y sus dos ayudantes. Antes de Kafka, tal densidad de imaginación era impensable. Por supuesto, sería ridículo imitarle. Pero al igual que Kafka (y Novalis), siento ese deseo de introducir el sueño, la imaginación propia del sueño, en la novela. Mi forma de hacerlo no es una «fusión de la realidad y el sueño», sino una confrontación polifónica. El relato «onírico» es una de las líneas del contrapunto.

C.S.: Demos vuelta a la página. Me gustaría que volviéramos sobre la cuestión de la unidad de una composición. Usted definió *El libro de la risa y el olvido* como «una novela en forma de variaciones». ¿Sigue siendo eso una novela?

M.K.: Lo que le quita apariencia de novela es la ausencia de unidad de acción. Es difícil imaginar una novela sin ella. Incluso las experimentaciones de la «nueva novela» se fundan en la unidad de acción (o no acción). Sterne y Diderot se divierten haciendo esta unidad extremadamente frágil. El viaje de Jacques y su amo ocupa la menor parte de la novela, es tan sólo un pretexto cómico para encajar otras anécdotas, relatos, reflexiones. Sin embargo, este pretexto, esta «caja», es necesario para que la novela sea percibida como novela, o al menos como parodia de novela. No obstante, creo que existe algo más profundo que asegura la coherencia de una novela: la unidad temática. Y, por otra parte, siempre fue así. Las tres líneas de narración sobre las que se fundamenta *Los demonios* están unidas por una técnica de fabulación, pero sobre todo por el tema en sí: el de los demonios que poseen al hombre cuando éste pierde a Dios. En cada una de estas líneas de narración el tema es considerado desde otro punto de vista, como algo reflejado en tres espejos. Y es este algo (este algo abstracto que se llama el tema) lo que da al conjunto de la novela una coherencia interior, la menos visible y la más importante. En *El libro de la risa y el olvido* la coherencia del conjunto está creada *únicamente* por la unidad de algunos temas (y motivos) que son variados. ¿Es esto una novela? A mi juicio, sí. La novela es una meditación sobre la existencia vista a través de personajes imaginarios.

C.S.: Si se adhiere uno a una definición tan amplia, ¡se puede llamar novela incluso al *Decamerón*! ¡Todos los relatos están unidos por el mismo tema del amor y narrados por los mismos diez narradores!...

M.K.: Yo no llevaría tan lejos la provocación como para afirmar que el *Decamerón* es una novela. A pesar de que en la Europa moderna ese libro fue uno de los primeros intentos de crear una gran composición de prosa narrativa y de que, en calidad de tal, forma parte de la historia de la novela *al menos* como inspirador y precursor. Como sabe, la novela tomó el camino que tomó. Bien habría podido tomar otro. La forma de la novela es libertad casi ilimitada. La novela no la ha aprovechado a través de su historia. Ha dejado escapar esa libertad. Ha dejado sin explotar muchas posibilidades formales.

C.S.: Sin embargo, poniendo al margen *El libro de la risa y el olvido*, sus novelas también están fundamentadas en la unidad de acción, aunque un poco menos rígida.

M.K.: Las construyo desde siempre a dos niveles: en un primer nivel, compongo la historia novelesca; y, por encima, desarrollo los temas. Trabajo los temas sin interrupción *dentro y a través de* la historia novelesca. Cuando la novela abandona sus temas y se contenta con narrar la historia, resulta llana, sosa.

Por el contrario, puede desarrollarse un tema en solitario, fuera de la historia. Llamo *digresión* a esta manera de abordar el tema. Digresión quiere decir: abandonar por un momento la historia novelesca. Toda la reflexión sobre el kitsch en *La insoportable levedad del ser* es, por ejemplo, una digresión: abandono la historia novelesca para atacar mi tema (el kitsch) *directamente*. Considerada desde ese punto de vista, la digresión no debilita, sino que corrobora la disciplina de la composición. Distingo el *motivo* del tema: es un elemento del tema o de la historia que vuelve varias veces a lo largo de la novela, siempre en otro contexto; por ejemplo: el motivo del cuarteto de Beethoven que pasa de la vida de Teresa a las reflexiones de Tomás y atraviesa también los diversos temas: el de la gravedad, el del kitsch; o bien el bombín de Sabina, presente en las escenas Sabina-Tomás, Sabina-Teresa, Sabina-Franz, y que introduce también el tema de las «palabras incomprendidas».

C.S.: ¿Qué entiende usted exactamente por *tema*?

M.K.: Un tema es una interrogación existencial. Y me doy cuenta, cada vez más, de que semejante interrogación es, a fin de cuentas, el examen de las palabras particulares, de las palabras-tema. Esto me lleva a insistir: la novela se basa ante todo en algunas palabras fundamentales. Es como la «serie de notas» de Schönberg. En *El libro de la risa y el olvido* la «serie» es la siguiente: el olvido, la risa, los ángeles, la *litost*, la frontera. Estas cinco palabras fundamentales se analizan, estudian, definen, vuelven a definirse durante toda la novela y finalmente se transforman en categorías de la existencia. La novela se construye sobre algunas de estas categorías como una casa sobre sus pilares. Los pilares de *La insoportable levedad del ser* son la gravedad, la levedad, el alma, el cuerpo, la Gran Marcha, la mierda, el kitsch, la compasión, el vértigo, la fuerza, la debilidad.

C.S.: Detengámonos en el plano arquitectónico de sus novelas. Todas, salvo una, están divididas en siete partes.

M.K.: Cuando terminé *La broma* no tenía motivo alguno para sorprenderme de que tuviera siete partes.

A continuación escribí *La vida está en otra parte*. La novela estaba casi terminada y constaba de seis partes. Me sentí insatisfecho. La historia me parecía llana. De pronto me vino la idea de introducir en la novela una historia que había ocurrido tres años después de la muerte del protagonista (es decir, más allá del tiempo de la novela). Es la penúltima parte, la sexta: «El cuarentón». De golpe, todo resultó perfecto. Más tarde me di cuenta de que esta sexta parte correspondía extrañamente a la sexta parte de *La broma* («Kostka»), que, a su vez, introducía en la novela un personaje externo, abría en la pared de la novela una ventana secreta. *El libro de los amores ridículos* constaba al principio de diez relatos. Cuando redacté el libro definitivo, eliminé tres; el conjunto resultó muy coherente, de tal manera que prefigura ya la composición de *El libro de la risa y el olvido*: los mismos temas (especialmente el de la mistificación) se unen en un conjunto único siete relatos, de los cuales el cuarto y el sexto están además unidos por «el broche» del mismo protagonista: el doctor Havel. En *El libro de la risa y el olvido*, la cuarta y sexta parte están también vinculadas por el mismo personaje: Tamina. Cuando escribí *La insoportable levedad del ser*, quise romper a toda costa la fatalidad del número siete. La novela estaba concebida desde hacía tiempo sobre una trama de seis partes. Pero la primera me parecía siempre informe. Finalmente comprendí que esta parte era en realidad dos, que era como unas hermanas siamesas a quienes, mediante una meticulosa intervención quirúrgica, hay que separar. Cuento todo esto para explicar que no se trata, por mi parte, ni de coquetería supersticiosa con un número mágico ni de cálculo racional, sino de un imperativo profundo, inconsciente, incomprensible, arquetipo de la estructura a la que no puedo escapar. Mis novelas son variantes de una misma arquitectura basada en el número siete.

C.S.: ¿Hasta dónde llega este orden matemático?

M.K.: Tome *La broma*. Esa novela está relatada por cuatro personajes: Ludvik, Jaroslav, Kostka y Helena. El monólogo de Ludvik ocupa 2/3 del libro, los monólogos del resto de los personajes ocupan en conjunto 1/3 (Jaroslav 1/6, Kostka 1/9, Helena 1/18). Gracias a esta estructura matemática se determina lo que yo llamaría la *iluminación de los personajes*. Ludvik se encuentra a plena luz, iluminado desde el interior (por su propio monólogo) y también desde el exterior (todos los demás monólogos perfilan su retrato). Jaroslav ocupa con su monólogo una sexta parte del libro y su autorretrato es corregido desde el exterior por el monólogo de Ludvik. *Et caetera*. Cada personaje es iluminado por otra intensidad de luz y de una forma distinta. Lucía, uno de los personajes más importantes, no tiene su monólogo y es iluminada únicamente desde el exterior gracias a los monólogos de Ludvik y Kostka. La ausencia de iluminación interior le otorga un carácter misterioso e inasible. Por así decirlo, se encuentra al otro lado del cristal y no se la puede tocar.

C.S.: ¿Ha sido premeditada esa estructura matemática?

M.K.: No. Descubrí todo esto después de la aparición de *La broma* en Praga, gracias al artículo de un crítico literario checo: «La geometría de *La broma*». Un texto para mí revelador. Dicho de otro modo, este «orden matemático» se impone espontáneamente como una necesidad de la forma y no necesita cálculos.

C.S.: Su manía de las cifras, ¿proviene acaso de esto? En todas sus novelas enumera tanto las partes como los capítulos.

M.K.: La división de la novela en partes, de las partes en capítulos, de los capítulos en párrafos, dicho de otro modo la *articulación* de la novela, la quiero muy clara. Cada una de estas siete partes es un todo en sí. Cada una está caracterizada por su propio *modo de narración:* por ejemplo, *La vida está en otra parte:* primera parte: narración «continua» (es decir: con vínculo causal entre los capítulos); segunda parte: narración onírica; tercera parte: narración discontinua (es decir: sin vínculo causal entre los capítulos); cuarta parte: narración polifónica; quinta parte: narración continua; sexta parte: narración continua; séptima parte: narración polifónica. Cada una de ellas tiene su propia *perspectiva* (es contada desde el punto de vista de otro ego imaginario). Cada una tiene su propia *extensión;* orden de esas extensiones en *La broma:* muy corta; muy corta; larga; corta; larga; corta; larga. En *La vida está en otra parte* el orden es inverso: larga; corta; larga; corta; larga; muy corta; muy corta. También quiero que los capítulos sean, cada uno, un pequeño todo en sí. Por eso insisto a mis editores que destaquen las cifras y separen bien claramente unos capítulos de otros. (La solución ideal es la de Gallimard: cada capítulo empieza en una nueva página.) Permítame, una vez más, comparar la novela con la música. Una parte es un movimiento. Los capítulos son compases. Estos compases son o bien cortos, o bien largos, o bien de una duración muy irregular. Lo cual nos lleva a la cuestión del tempo. Cada una de las partes de mis novelas podría llevar una indicación musical: *moderato, presto, adagio,* etcétera.

C.S.: Así pues, el tempo ¿está determinado por la relación entre la extensión de una parte y el número de capítulos que contiene?

M.K.: Mire desde el siguiente punto de vista *La vida está en otra parte:*

Primera parte: 11 capítulos en 71 páginas; *moderato*
Segunda parte: 14 capítulos en 31 páginas; *allegretto*
Tercera parte: 28 capítulos en 82 páginas; *allegro*
Cuarta parte: 25 capítulos en 30 páginas; *prestissimo*
Quinta parte: 11 capítulos en 96 páginas; *moderato*
Sexta parte: 17 capítulos en 26 páginas; *adagio*
Séptima parte: 23 capítulos en 28 páginas; *presto.*

Como puede ver, la quinta parte tiene 96 páginas y sólo 11 capítulos; un recorrido lento, tranquilo: *moderato.* La cuarta parte tiene 30 páginas y 25 capítulos. Lo cual da la impresión de una gran velocidad: *prestissimo.*

C.S.: La sexta parte tiene 17 capítulos en sólo 26 páginas. Esto significa, si he comprendido bien, que tiene una frecuencia bastante rápida. ¡Sin embargo, usted la cataloga como adagio!

M.K.: Porque el tempo está determinado por otra cosa más: la relación entre la extensión de una parte y la duración «real» del acontecimiento relatado. La quinta parte, «El poeta está celoso», representa todo un año de vida, mientras que la sexta parte, «El cuarentón», sólo transcurre en unas horas. La brevedad de los capítulos tiene aquí como función la de detener el tiempo, de fijar un único gran momento... ¡Considero los contrastes de los *tempi* extraordinariamente importantes! Para mí forman con frecuencia parte de la primera idea que me hago, mucho antes de escribirla, de mi novela. A esta sexta parte de *La vida está en otra parte, adagio* (atmósfera de paz y compasión), le sigue la séptima, *presto* (atmósfera excitada y cruel). En este contraste final he querido concentrar toda la potencia emocional de la novela. El caso de *La insoportable levedad del ser* es exactamente el opuesto. Aquí, desde el comienzo del trabajo sabía que la última parte debía ser *pianissimo* y *adagio* («La sonrisa de Karenin»: atmósfera tranquila, melancólica, con pocos acontecimientos) y debía ser precedida por otra, *fortissimo, prestissimo* («La Gran Marcha»: atmósfera brutal, cínica, con muchos acontecimientos).

C.S.: El cambio de tempo también implica, pues, el cambio de atmósfera emocional.

M.K.: Ésta es otra gran lección de la música. Cada pasaje de una composición musical actúa sobre nosotros, nos guste o no, mediante una expresión emocional. El orden de los movimientos de una sinfonía o de una sonata quedó determinado, desde siempre, por la regla, no escrita, de la alternancia entre los movimientos lentos y los movimientos rápidos, lo cual significaba casi automáticamente: movimientos tristes y movimientos alegres. Estos contrastes emocionales pronto se convirtieron en un siniestro estereotipo que sólo los grandes maestros han sabido (y no siempre) superar. En este sentido, admiro, por poner un ejemplo archiconocido, la sonata de Chopin, aquella cuyo tercer movimiento es la marcha fúnebre. ¿Qué más podía añadirse después de ese gran adiós? ¿Terminar la sonata como de costumbre con un rondó vivo? Ni el propio Beethoven en su sonata op. 26 escapa a ese estereotipo al poner a continuación de la marcha fúnebre (que es también el tercer movimiento) un final alegre. El cuarto movimiento en la sonata de Chopin es muy extraño: *pianissimo,* rápido, breve, sin melodía alguna, en absoluto sentimental: una borrasca en la lejanía, un ruido sordo anunciando el olvido definitivo. La proximidad de estos dos movimientos (sentimental-no sentimental) hace que se le haga a uno un nudo en la garganta. Es absolutamente original. Digo esto para que comprenda que componer una novela es yuxtaponer diferentes espacios emocionales, y que en esto estriba, a mi juicio, el arte más sutil de un novelista.

C.S.: ¿Ha influido mucho su educación musical en su escritura?

M.K.: Hasta los veinticinco años me sentía mucho más atraído por la música que por la literatura. Lo mejor que hice en aquel entonces fue una composición para cuatro instrumentos: piano, viola, clarinete y batería. Prefiguraba casi caricaturescamente la arquitectura de mis novelas, cuya existencia futura, por aquel entonces, ni siquiera sospechaba. Esta *Composición para cuatro instrumentos* está dividida, ¡imagínese!, en siete partes. Como ocurre en mis novelas, el conjunto está compuesto por partes formalmente muy heterogéneas (jazz; parodia de un vals; fuga; coral; etcétera) y cada una de ellas tiene una orquestación diferente (piano, viola; piano solo; viola, clarinete; batería; etcétera). Esta diversidad formal está equilibrada por una gran unidad temática: desde el comienzo hasta el fin sólo se elaboran dos temas: el A y el B. Las tres últimas partes se basan en una polifonía que consideré entonces muy original: la evolución simultánea de dos temas diferentes y emocionalmente contradictorios; por ejemplo, en la última parte: se repite en un magnetófono la grabación del tercer movimiento (el tema A concebido como una coral solemne para clarinete, viola, piano) mientras, al mismo tiempo, la batería y la trompeta (el clarinetista debía cambiar el clarinete por una trompeta) intervienen con una variación (al estilo «bárbaro») del tema B. Otra curiosa semejanza: en la sexta parte aparece una sola vez un nuevo tema, el C, exactamente igual que el Kostka de *La broma* o el cuarentón de *La vida está en otra parte*. Le cuento todo esto para demostrarle que la forma de una novela, su «estructura matemática», no es algo calculado; es un imperativo inconsciente, una obsesión. Antes pensaba incluso que esta forma

113

que me obsesiona era una especie de definición algebraica de mi propia persona, pero, un día, hace unos años, examinando más atentamente el cuarteto op. 131 de Beethoven, tuve que abandonar esta concepción narcisista y subjetiva de la forma. Mire:

Primer movimiento: lento; forma de fuga; 7,21 minutos

Segundo movimiento: rápido; forma no clasificable; 3,26 minutos

Tercer movimiento: lento; simple exposición de un único tema; 0,51 minutos

Cuarto movimiento: lento y rápido; forma de variaciones; 13,48 minutos

Quinto movimiento: muy rápido; *scherzo*; 5,35 minutos

Sexto movimiento: muy lento; simple exposición de un único tema; 1,58 minutos

Séptimo movimiento: rápido; forma-sonata; 6,30 minutos.

Beethoven quizá sea el mayor arquitecto de la música. Heredó la idea de la sonata concebida como un ciclo de cuatro movimientos, con frecuencia bastante arbitrariamente ensamblados, del que el primero (escrito en *forma-sonata)* era siempre de mayor importancia que los movimientos siguientes (escritos en forma de rondó, de minueto, etcétera). Toda la evolución artística de Beethoven está marcada por la voluntad de transformar este ensamblaje en una auténtica unidad. Así, en sus sonatas para piano, desplaza poco a poco el centro de gravedad del primero al último movimiento, reduce con frecuencia la sonata a únicamente dos partes, trabaja los mismos temas en diferentes movimientos, etcétera. Pero al mismo tiempo intenta introducir en esta unidad un máximo de diversidad formal. Inserta muchas veces una gran fuga en sus sonatas, señal de una valentía extraordinaria ya que, en una sonata, la fuga debía parecer, por aquel entonces, algo tan heterogéneo como el ensayo sobre la degradación de los valores en la novela de Broch. El cuarteto op. 131 es la cima de la perfección arquitectónica. Sólo quiero llamar su atención sobre un único detalle del que ya hemos hablado: la diversidad de las extensiones. ¡El tercer movimiento es quince veces más corto que el movimiento siguiente! ¡Y son precisamente los dos movimientos tan extrañamente cortos (el tercero y el sexto) los que unen y mantienen unidas estas siete partes tan diversas! Si todas esas partes fueran más o menos de la misma duración, la unidad fracasaría. ¿Por qué? No sé explicarlo. Es así. Siete partes de idéntica extensión serían como siete enormes armarios colocados uno al lado de otro.

C.S.: Apenas ha hablado de *La despedida*.

M.K.: Sin embargo, en cierto sentido, es la novela que más quiero. Al igual que *El libro de los amores ridículos*, me ha divertido más escribirla, me ha proporcionado más placer que las otras. Mi estado de ánimo era distinto. La escribí más rápido también.

C.S.: Sólo consta de cinco partes.

M.K.: Se apoya en un arquetipo formal muy distinto al de mis otras novelas. Es absolutamente homogénea, sin digresiones, compuesta de una única materia, relatada en el mismo tempo, es muy teatral, estilizada, basada en la forma del *vaudeville*. En *El libro de los amores ridículos* puede leer el relato «Symposion». Es una alusión paródica al *Symposion (El banquete)* de Platón. Largas discusiones sobre el amor. Ahora bien, ese «Symposion» está compuesto exactamente igual que *La despedida: vaudeville* en cinco actos.

C.S.: ¿Qué significa para usted la palabra *vaudeville*?

M.K.: Una forma que valoriza enormemente la intriga con todo su aparato de coincidencias inesperadas y exageradas. Labiche. Nada más sospechoso en una novela, más ridículo, pasado de moda, de mal gusto, que la intriga con sus excesos vaudevilescos. A partir de Flaubert, los novelistas intentan eliminar los artificios de la intriga, y con frecuencia la novela pasa a ser así más gris que la más gris de las vidas. Sin embargo, los primeros novelistas no han sentido estos escrúpulos ante lo improbable. En el primer libro de *Don Quijote,* hay una taberna en algún lugar de España en la que todo el mundo se encuentra por pura casualidad: Don Quijote, Sancho Panza, sus amigos el barbero y el cura, luego Cardenio, un joven a quien un tal don Fernando ha robado la novia, Lucinda; poco más tarde también Dorotea, la novia abandonada por el mismo don Fernando, y más tarde aún el propio don Fernando con Lucinda, luego un oficial que se escapó de una prisión mora, y luego su hermano, que le busca desde hace años, y su hija Clara, y además el amante de Clara que la persigue, perse-

guido a su vez por los sirvientes de su propio padre...
Acumulación de coincidencias y encuentros totalmente improbables. Pero no hay que considerarlo, en
Cervantes, como una ingenuidad o una torpeza. Las
novelas de entonces todavía no habían establecido
con el lector el pacto de la verosimilitud. No querían
simular lo real, querían divertir, asombrar, sorprender,
embelesar. Eran *lúdicas* y en ello consistía su virtuo-
sismo. El comienzo del siglo XIX representa un gran
cambio en la historia de la novela. Diría que casi un
choque. El imperativo de la imitación de lo real ha
transformado de golpe en ridícula la taberna de Cervantes. El siglo XX se subleva con frecuencia contra la
herencia del siglo XIX. Sin embargo, el regreso a la taberna cervantesca ya no es posible. Entre ella y nosotros se interpuso de tal modo la experiencia del
realismo del XIX que el juego de las coincidencias improbables ya no puede ser inocente. O es intencionadamente divertido, irónico, paródico *(Los sótanos del
Vaticano* o *Ferdydurke*, por ejemplo), o es fantástico,
onírico. Éste es el caso de la primera novela de Kafka: *América.* Lea el primer capítulo, el encuentro del
todo inverosímil de Karl Rossmann y su tío: es como
un recuerdo nostálgico de la taberna cervantesca. Pero
en esta novela las circunstancias inverosímiles (léase
imposibles) se evocan con tal minuciosidad, con tal
ilusión de lo real que se tiene la impresión de entrar
en un mundo que, aunque inverosímil, es más real
que la realidad. Recordémoslo bien: Kafka entró en
su primer universo «supra-real» (en su primera «fusión

117

de lo real y del sueño») a través de la taberna de Cervantes, por la puerta vaudevilesca.

C.S.: El término *vaudeville* sugiere la idea de diversión.

M.K.: En sus comienzos, la gran novela europea era una diversión ¡y todos los auténticos novelistas sienten nostalgia de aquello! La diversión no excluye en absoluto la gravedad. En *La despedida* uno se pregunta: ¿merece el hombre vivir en esta tierra, no hay que «liberar el planeta de las garras del hombre»? Unir la extrema gravedad de la pregunta a la extrema levedad de la forma es desde siempre mi ambición. Y no se trata exclusivamente de una ambición artística. La unión de un estilo frívolo y un tema grave desvela la terrible insignificancia de nuestros dramas (tanto los que ocurren en nuestras camas como los que representamos en el gran escenario de la Historia).

C.S.: Por lo tanto, hay dos formas-arquetipo en sus novelas: 1) la composición polifónica que une elementos heterogéneos en una arquitectura basada en el número siete; 2) la composición vaudevilesca, homogénea, teatral y que roza lo inverosímil.

M.K.: Sueño siempre con una gran infidelidad inesperada. Pero por el momento no he logrado escapar a la bigamia de estas dos formas.

Quinta parte
En alguna parte ahí detrás

Los poetas no inventan los poemas
El poema está en alguna parte ahí detrás
Desde hace mucho mucho tiempo está ahí
El poeta no hace sino descubrirlo.

Jan Skacel

1

Mi amigo Josef Skvorecky cuenta en uno de sus libros una historia real:

Un ingeniero praguense es invitado a un coloquio científico en Londres. Va, participa en el debate y vuelve a Praga. Horas después de su regreso coge en su oficina el *Rude Pravo* —periódico oficial del Partido— y lee: Un ingeniero checo, delegado a un coloquio en Londres, después de haber hecho ante la prensa occidental una declaración en la que calumnia a su patria socialista, decidió permanecer en Occidente.

Una emigración ilegal, unida a semejante declaración, no es ninguna tontería. Significaría unos veinte años de prisión. Nuestro ingeniero no puede dar crédito a sus ojos. Sin embargo, el artículo se refiere a él, no cabe la menor duda. Su secretaria, al entrar en su despacho, se asusta al verlo: ¡Dios mío!, dice, ¡ha vuelto! No es razonable; ¿ha leído lo que se ha escrito sobre usted?

El ingeniero vio el miedo en los ojos de su secretaria. ¿Qué puede hacer? Acude de inmediato a la redacción de *Rude Pravo*. Allí, encuentra al redactor responsable. Éste se excusa, en efecto, este asunto es realmente desagradable, pero él, el redactor, no tiene la culpa, recibió el texto del artículo directamente del Ministerio del Interior.

El ingeniero se dirige entonces al Ministerio. Allí le dicen que sí, en efecto, se trata de un error, pero ellos, los del Ministerio, no tienen nada que ver, recibieron el informe sobre el ingeniero del servicio secreto de la embajada en Londres. El ingeniero pide una rectificación. Le dicen que no, no se hacen rectificaciones, pero le aseguran que nada le ocurrirá, que puede quedarse tranquilo.

Pero el ingeniero no está tranquilo. Por el contrario, se da cuenta rápidamente de que es objeto de una estricta vigilancia, de que su teléfono está intervenido y de que le siguen por la calle. Ya no puede dormir, tiene pesadillas hasta que un día, al no poder soportar la tensión, corre graves riesgos para abandonar ilegalmente el país. Se ha convertido así en un auténtico emigrado.

2

La historia que acabo de contar es una de esas que sin vacilación deben llamarse *kafkianas*. Ese término, sacado de una obra de arte, determinado únicamente por las imágenes de un novelista, aparece como el único denominador común de las situaciones (tanto literarias como reales) que ninguna otra palabra es capaz de captar y para las que ni la politología, ni la sociología, ni la psicología nos proporcionan la clave.

¿Qué es pues lo *kafkiano*?

Tratemos de describir algunos de sus aspectos:

Primo:

El ingeniero es confrontado con el poder, que tiene el carácter de un *laberinto sin fin.* Nunca alcanzará el final de sus infinitos corredores y jamás llegará a saber quién formuló la sentencia fatal. Está, por tanto, en la misma situación que Josef K. ante el tribunal o el agrimensor K. ante el castillo. Están todos en un mundo que es una única inmensa institución laberíntica a la que no pueden sustraerse y a la que no pueden comprender.

Antes de Kafka, los novelistas desenmascararon con frecuencia las instituciones como lides en las que se enfrentan distintos intereses personales o sociales. En Kafka, la institución es un mecanismo que obedece a sus propias leyes programadas ya no se sabe por quién ni cuándo, que no tienen nada que ver con los intereses humanos y que, por lo tanto, son ininteligibles.

Secundo:

En el capítulo quinto de *El castillo*, el alcalde del pueblo explica a K., con todo detalle, la larga historia de su expediente. Abreviémosla: hace unos diez años llega del castillo a la alcaldía la propuesta de contratar en el pueblo a un agrimensor. La respuesta escrita del alcalde es negativa (nadie necesita a ningún agrimensor), pero se extravía en otra oficina y, así, por el juego muy sutil de los malentendidos burocráticos que se prolonga durante largos años, un día, por descuido, se le envía realmente a K. la invitación, justo en el momento en que todas las oficinas implicadas están liquidando la antigua propuesta, ya caduca. De modo que, después de un largo viaje, K. ha llegado al pueblo por error. Más aún: dado que no hay para él otro mundo posible que ese castillo con su pueblo, *toda* su existencia no es sino un error.

En el mundo kafkiano, el expediente se asemeja a la idea platónica. Representa la auténtica realidad, mientras la existencia física del hombre no es más que el reflejo proyectado sobre la pantalla de las ilusiones. En efecto, el agrimensor K. y el ingeniero praguense no son más que sombras de sus fichas; son aún mucho menos que eso: son sombras de un *error* en un expediente, es decir, sombras que no tienen siquiera derecho a su existencia de sombra.

Pero si la vida del hombre no es más que una sombra, y si la auténtica realidad se encuentra en otra parte, en lo inaccesible, en lo inhumano y sobrehumano, entramos en la teología. Y, en efecto, los primeros exegetas de Kafka explicaban sus novelas como una parábola religiosa.

Esta interpretación me parece falsa (porque ve una alegoría allí donde Kafka captó situaciones con-

cretas de la vida humana) aunque reveladora: dondequiera que el poder se deifique, éste produce automáticamente su propia teología; dondequiera que se
comporte como Dios, suscita hacia él sentimientos re-
ligiosos; en este caso, el mundo puede ser descrito
con un vocabulario teológico.

Kafka no escribió alegorías religiosas, pero lo *kafkiano* (tanto en la realidad como en la ficción) es inseparable de su aspecto teológico (o, más bien, pseudoteológico).

Tertio:
Raskolnikov no puede soportar el peso de su culpabilidad y, para encontrar la paz, consiente voluntariamente en ser castigado. Es la conocida situación en
la que *la falta busca el castigo.*

En Kafka se invierte la lógica. El que es castigado
no conoce la causa del castigo. Lo absurdo del castigo es tan insoportable que, para encontrar la paz, el acusado quiere hallar una justificación a su pena: *el castigo busca la falta.*

El ingeniero praguense es castigado con una intensa vigilancia policial. Este castigo reclama el crimen que no se cometió, y el ingeniero acusado de haber emigrado acaba por emigrar realmente. *El castigo
ha encontrado finalmente la falta.*

Como no sabe de qué se le acusa, Josef K., en el
capítulo séptimo de *El proceso,* decide hacer examen
de toda su vida, de todo su pasado «hasta en sus me-
nores detalles». La máquina de la «autoculpabiliza-

ción» se ha puesto en marcha. *El acusado busca su culpa.*

Un día, Amalia recibe una carta obscena de un funcionario del castillo. Sintiéndose ultrajada, la rompe. El castillo no necesita siquiera censurar el comportamiento temerario de Amalia. El miedo (el mismo que el ingeniero vio en los ojos de su secretaria) actúa espontáneamente. Sin que nadie lo ordene, sin señal perceptible alguna por parte del castillo, todo el mundo evita a la familia de Amalia como si estuviera apestada.

El padre de Amalia quiere defender a su familia. Pero existe una dificultad: ¡no solamente el autor del veredicto es inencontrable, sino que el veredicto mismo no existe! ¡Para poder recurrir, para pedir el indulto, alguien tendría antes que haber sido inculpado! El padre implora al castillo que proclame el crimen de su hija. Es pues quedarse corto decir que el castigo busca la culpa. ¡En este mundo pseudoteológico, *el castigado suplica que se le reconozca culpable!*

Ocurre con frecuencia que un praguense de hoy, caído en desgracia, no pueda encontrar empleo alguno. Pide inútilmente un comprobante que demuestre que ha cometido una falta y que está prohibido darle empleo. El veredicto es inencontrable. Y, como en Praga el trabajo es un deber prescrito por la ley, acaba por ser acusado de parasitismo; esto quiere decir que es culpable de sustraerse al trabajo. *El castigo encuentra la falta.*

Quarto:

La historia del ingeniero praguense tiene el carácter de una historia divertida, de una broma; provoca la risa.

Dos señores cualesquiera (y no «inspectores», como nos hace creer la traducción francesa) sorprenden una mañana a Josef K. en su cama, le dicen que está detenido y se toman su desayuno. K., cual funcionario bien disciplinado que es, en lugar de echarlos de su apartamento, se defiende largamente ante ellos, en camisón. Cuando Kafka leyó a sus amigos el primer capítulo de *El proceso,* todos rieron, incluido el autor. Rieron con razón: lo cómico es inseparable de la esencia misma de lo *kafkiano.*

Pero es un escaso consuelo para el ingeniero saber que su historia es cómica. El ingeniero se encuentra encerrado en la broma de su propia vida como un pez en un acuario: él no le encuentra la gracia. En efecto, la broma sólo tiene gracia para los que se encuentran *delante* del acuario; lo *kafkiano,* por el contrario, nos conduce al interior, a las entrañas de la broma, *a lo horrible de lo cómico.*

En el mundo de lo *kafkiano,* lo cómico no representa un contrapunto de lo trágico (lo tragicómico) como ocurre en Shakespeare; no está ahí para hacer lo trágico más soportable gracias a la ligereza del tono; no *acompaña* a lo trágico, no, *lo destruye antes de que nazca,* privando así a las víctimas del único consuelo que les cabría aún esperar: el que se encuentra en la grandeza (auténtica o supuesta) de la tragedia. El ingeniero ha perdido su patria y todo el auditorio ríe.

3

Hay periodos en la historia moderna en los que la vida se asemeja a las novelas de Kafka.

Cuando yo vivía todavía en Praga, cuántas veces habré oído llamar a la secretaría del Partido (una casa fea y más bien moderna) «el castillo». Cuántas veces habré oído mencionar al número dos del Partido (un tal camarada Hendrych) con el apodo de Klamm (lo mejor era que *klam* en checo significa «espejismo» o «engaño»).

El poeta N., una gran personalidad comunista, fue encarcelado tras un proceso estaliniano en los años cincuenta. En su celda escribió una serie de poemas en los que se declaró fiel al comunismo a pesar de todos los horrores que le habían sucedido. No se trataba de cobardía. El poeta vio en su fidelidad (fidelidad a sus verdugos) la señal de su virtud, de su rectitud. Los praguenses que tuvieron conocimiento de esos poemas los titularon con hermosa ironía: *La gratitud de Josef K.*

Las imágenes, las situaciones e incluso ciertas frases precisas sacadas de las novelas de Kafka formaban parte de la vida de Praga.

Dicho lo cual, cabría la tentación de concluir: las imágenes de Kafka están vivas en Praga porque son una anticipación de la sociedad totalitaria.

Esta afirmación exige, sin embargo, una corrección: lo *kafkiano* no es una noción sociológica o politológica. Se ha tratado de explicar las novelas de Kafka como una crítica de la sociedad industrial, de la explotación, de la alienación, de la moral burguesa, es decir, del capitalismo. Pero en el universo de Kafka no se encuentra casi nada de lo que constituye el capitalismo: ni el dinero y su poder, ni el comercio, ni la propiedad y los propietarios, ni la lucha de clases.

Lo *kafkiano* tampoco responde a la definición del totalitarismo. En las novelas de Kafka no están ni el partido, ni la ideología y su vocabulario, ni la política, ni la policía, ni el ejército.

Parece más bien que lo *kafkiano* representa una posibilidad elemental del hombre y de su mundo, posibilidad históricamente no determinada, que acompaña al hombre casi eternamente.

Pero esta precisión no anula la pregunta: ¿cómo es posible que en Praga las novelas de Kafka se confundan con la vida, y cómo es posible que en París las mismas novelas sean tomadas como la expresión hermética del mundo exclusivamente subjetivo del autor? ¿Significa acaso esto que esta virtualidad del hombre y de su mundo a la que se llama *kafkiana* se transforma más fácilmente en destinos concretos en Praga que en París?

En la historia moderna hay tendencias que producen lo *kafkiano* en la gran dimensión social: la concentración progresiva del poder, que tiende a divinizarse; la burocratización de la actividad social, que transforma todas las instituciones en *laberintos sin fin;* la consiguiente despersonalización del individuo.

129

Los Estados totalitarios, en tanto que concentración extrema de estas tendencias, han puesto en evidencia la estrecha relación entre las novelas de Kafka y la vida real. Pero, si en Occidente no se sabe ver este vínculo, no es únicamente porque la sociedad llamada democrática sea menos kafkiana que la de Praga de hoy. Es también, me parece, porque aquí se pierde, fatalmente, el sentido de lo real.

Porque la sociedad llamada democrática conoce también, en efecto, el proceso que despersonaliza y burocratiza; todo el planeta se ha convertido en el escenario de este proceso. Las novelas de Kafka son la hipérbole onírica e imaginaria y el Estado totalitario es la hipérbole prosaica y material de ello.

Pero ¿por qué fue Kafka el primer novelista que captó estas tendencias, que, sin embargo, no se han manifestado en el escenario de la Historia, en toda su claridad y brutalidad, hasta después de su muerte?

4

Si uno no quiere dejarse engañar por mistificaciones y leyendas, no encuentra huella importante alguna de los intereses políticos de Franz Kafka; en este sentido, se distinguió de todos sus amigos praguenses, de Max Brod, de Franz Werfel, de Egon Erwin Kish, al igual que de todas las vanguardias que, pretendiendo conocer el sentido de la Historia, se complacían en evocar el rostro del futuro.

¿Cómo es, pues, que no sea la obra de éstos, sino la de su solitario compañero, introvertido y concentrado en su propia vida y en su arte, la que pueda considerarse hoy como una profecía sociopolítica y que, por ello, esté prohibida en gran parte del planeta?

Un día pensé en este misterio, tras presenciar un pequeño episodio en casa de una vieja amiga. Esta mujer, durante los procesos estalinianos de Praga en 1951, fue arrestada y juzgada por crímenes que no había cometido. Por otra parte, centenares de comunistas se encontraron, en la misma época, en idéntica situación que ella. Durante toda su vida se habían identificado con su Partido. Cuando éste se convirtió de golpe en su acusador, aceptaron, a instancias de Josef K., «examinar toda su vida pasada hasta en el menor detalle» para encontrar la falta oculta y, finalmente, confesar crímenes imaginarios. Mi amiga consiguió salvar la vida porque, gracias a su extraordinario valor, se negó a ponerse, como todos sus compañeros, como el poeta N., a «buscar su falta». Al negarse a ayudar a sus verdugos dejó de ser utilizable para el espectáculo del proceso final. Así, en lugar de ser ahorcada, fue solamente condenada a cadena perpetua. Al cabo de quince años fue completamente rehabilitada y puesta en libertad.

Detuvieron a esta mujer cuando su hijo tenía un año. Al salir de la cárcel, volvió a encontrar a su hijo de dieciséis años, y tuvo entonces la dicha de vivir con él una modesta soledad a dúo. Nada más comprensible, pues, que su apasionado apego por él. Su hijo tenía ya veintiséis años cuando, un día, fui a visitarles. Ofendida, contrariada, la madre lloraba. El motivo era realmente insignificante: el hijo se había levantado demasiado tarde por la mañana, o algo así. Dije a la madre: «¿Por qué te pones nerviosa por semejante bobada? ¿Vale la pena llorar por eso? ¡Exageras un poco!».

En lugar de la madre, me respondió el hijo: «No, mi madre no exagera. Mi madre es una mujer magnífica y valiente. Ha sabido resistir cuando todos fracasaban. Quiere que yo sea un hombre honrado. Es verdad, me he levantado demasiado tarde, pero lo que me reprocha mi madre es algo más profundo. Es mi actitud. Mi actitud egoísta. Quiero ser tal como mi madre desea. Y se lo prometo ante ti».

Lo que el Partido nunca consiguió hacer con la madre, la madre consiguió hacerlo con su hijo. Ella le forzó a identificarse con la acusación absurda, a ir a «buscar la falta», a hacer una confesión pública. Contemplé, estupefacto, esta escena de un miniproceso estaliniano y comprendí de golpe que los mecanismos psicológicos que funcionan en el interior de los grandes acontecimientos históricos (aparentemente increíbles e inhumanos) son los mismos que los que rigen las situaciones íntimas (absolutamente triviales y muy humanas).

5

La célebre carta que Kafka escribió y nunca envió a su padre demuestra bien a las claras que es de la familia, de la relación entre el hijo y el poder endiosado de los padres, de donde Kafka sacó su conocimiento de la *técnica de la culpabilización,* que se convirtió en uno de los grandes temas de sus novelas. En *La condena,* relato estrechamente ligado a la experiencia del autor, el padre acusa a su hijo y le ordena ahogarse. El hijo acepta su culpabilidad ficticia, y va a tirarse al río tan dócilmente como, más tarde, su sucesor Josef K., inculpado por una organización misteriosa, se dejará degollar. La semejanza entre las dos acusaciones, las dos culpabilizaciones y las dos ejecuciones revela la continuidad que liga, en la obra de Kafka, el íntimo «totalitarismo» familiar al de sus grandes visiones sociales.

La sociedad totalitaria, sobre todo en sus versiones extremas, tiende a abolir la frontera entre lo público y lo privado; el poder, que se hace cada vez más opaco, exige que la vida de los ciudadanos sea cada vez más transparente. Este ideal de *vida sin secretos* corresponde al de una familia ejemplar: un ciudadano no tiene derecho a disimular nada ante el Partido o el Estado, lo mismo que un niño no tiene derecho al secreto frente a su padre o a su madre. Las sociedades totalitarias, en su propaganda, presentan una sonrisa idílica: quieren parecer «una única gran familia».

Se dice con mucha frecuencia que las novelas de Kafka expresan el deseo apasionado de la comunidad y del contacto humano; al parecer, el ser desarraigado que es K. no tiene más que un fin: superar la maldición de su soledad. Ahora bien, esta explicación no solamente es un cliché, una reducción del sentido, sino un contrasentido.

El agrimensor K. no va en absoluto a la conquista de las gentes y de su calurosa acogida, no quiere convertirse en «el hombre entre los hombres» como el Orestes de Sartre; quiere ser aceptado, no por una comunidad, sino por una institución. Para lograrlo, debe pagar un alto precio: debe renunciar a su soledad. Y he aquí su infierno: nunca está solo, los dos ayudantes enviados por el castillo le siguen sin cesar. Asisten a su primer acto de amor con Frieda, sentados en el mostrador del café por encima de los amantes, y, desde ese momento, ya no abandonan su cama.

¡No la maldición de la soledad, sino la *soledad violada,* ésta es la obsesión de Kafka!

Karl Rossmann es molestado permanentemente por todo el mundo; le venden la ropa; le quitan la única foto de sus padres; en el dormitorio, al lado de su cama, unos muchachos boxean y, de vez en cuando, caen sobre él; Robinson y Delamarche, dos golfos, le obligan a vivir con ellos en su casa, de tal suerte que los suspiros de la gorda Brunelda resuenan en su sueño.

Con la violación de la intimidad comienza también la historia de Josef K.: dos señores desconocidos vienen a detenerle en su cama. A partir de ese día, ya no se sentirá solo: el tribunal le seguirá, le observará y le hablará; su vida privada desaparecerá poco a poco, tragada por la misteriosa organización que le acosa.

Los espíritus líricos a quienes les gusta predicar la abolición del secreto y la transparencia de la vida privada no se dan cuenta del proceso que impulsa. El punto de partida del totalitarismo se asemeja al de *El proceso:* vendrán a sorprenderos en vuestra cama. Vendrán como les gustaba hacerlo a vuestro padre y a vuestra madre.

Se pregunta uno con frecuencia si las novelas de Kafka son la proyección de los conflictos más personales y privados del autor o la descripción de la «máquina social» objetiva.

Lo *kafkiano* no se limita ni a la esfera íntima ni a la esfera pública; las engloba a las dos. Lo público es el espejo de lo privado, lo privado refleja lo público.

6

Hablando de las prácticas microsociales que producen lo *kafkiano*, he pensado no sólo en la familia, sino también en la organización en que Kafka pasó toda su vida adulta: la oficina.

Se interpreta muchas veces a los héroes de Kafka como la proyección alegórica del intelectual; sin embargo, Gregorio Samsa no tiene nada de intelectual. Cuando se despierta convertido en cucaracha, sólo una cosa le preocupa: ¿cómo, en este nuevo estado, llegar a tiempo a la oficina? En su cabeza sólo hay la obediencia y la disciplina a las que su profesión le ha acostumbrado: es un empleado, un funcionario, y todos los personajes de Kafka lo son; funcionario concebido no como un tipo sociológico (éste habría sido el caso en un Zola), sino como una posibilidad humana, una forma elemental de ser.

En este mundo burocrático del funcionario, *primo:* no hay iniciativa, invención, libertad de acción; solamente hay órdenes y reglas: *es el mundo de la obediencia.*

Secundo: el funcionario realiza una pequeña parte de la gran acción administrativa cuyos fin y horizonte se le escapan; *es el mundo en el que los gestos se han vuelto mecánicos* y en el que las gentes no conocen el sentido de lo que hacen.

Tertio: el funcionario sólo tiene relación con anónimos y con expedientes: *es el mundo de lo abstracto.*

Situar una novela en ese mundo de la obediencia, de lo mecánico y de lo abstracto, donde la única aventura humana consiste en ir de una oficina a otra, es algo que parece contrario a la esencia misma de la poesía épica. De ahí la pregunta: ¿cómo consiguió Kafka transformar esa grisácea materia antipoética en novelas fascinantes?

Se puede encontrar la respuesta en una carta que escribió a Milena: «La oficina no es una institución estúpida; tiene sus raíces más en lo fantástico que en lo estúpido». La frase contiene uno de los mayores secretos de Kafka. Supo ver lo que nadie había visto: no solamente la importancia capital del fenómeno burocrático para el hombre, para su condición y para su porvenir, sino también (lo cual es todavía más sorprendente) la virtualidad poética contenida en el carácter fantasmal de las oficinas.

Pero ¿qué quiere decir: la oficina tiene sus raíces en lo fantástico?

El ingeniero de Praga sabría comprenderlo: un error en su expediente lo ha proyectado a Londres; de este modo anduvo vagando por Praga, como un verdadero *fantasma,* a la búsqueda del *cuerpo perdido,* mientras las oficinas que visitaba se le aparecían como un *laberinto sin fin* proveniente de una *mitología* desconocida.

Gracias a lo fantástico que supo percibir en el mundo burocrático, Kafka consiguió lo que parecía impensable antes de él: transformar una materia profundamente antipoética, la de la sociedad burocratizada al extremo, en gran poesía novelesca; transformar una historia extremadamente trivial, la de un hombre que no puede obtener el puesto prometido (lo que, de hecho, es la historia de *El castillo),* en mito, en epopeya, en belleza jamás vista.

Después de ensanchar el decorado de las oficinas hasta las gigantescas dimensiones de un universo, Kafka ha llegado, sin duda alguna, a la imagen que nos fascina por su semejanza con la sociedad que él nunca conoció y que es la de los praguenses de hoy.

En efecto, un Estado totalitario no es más que una inmensa administración: como todo el trabajo está en él «estatalizado», las gentes de todos los oficios se han convertido en *empleados*. Un obrero ya no es un obrero, un juez ya no es un juez, un comerciante ya no es un comerciante, un cura ya no es un cura, son todos funcionarios del Estado. «Pertenezco al Tribunal», le dice el sacerdote a Josef, en la catedral. Los abogados también, en la obra de Kafka, están al servicio del tribunal. Un praguense de hoy no se asombra de esto. No estaría mejor defendido que K. Tampoco sus abogados están al servicio de los acusados, sino del Tribunal.

7

En un ciclo de cien cuartetos que, con sencillez casi infantil, sondean lo más grave y lo más complejo, el gran poeta checo escribe:

> Los poetas no inventan los poemas
> El poema está en alguna parte ahí detrás
> Desde hace mucho mucho tiempo está ahí
> El poeta solamente lo descubre.

Escribir significa pues para el poeta romper una barrera tras la cual algo inmutable («el poema») está oculto en la sombra. Por ello (gracias a esa revelación sorprendente y súbita), «el poema» se nos presenta en un principio como un *deslumbramiento*.

Leí por primera vez *El castillo* cuando tenía catorce años y este libro ya nunca me fascinará hasta tal extremo, aunque todo el vasto conocimiento que contiene (todo el alcance real de lo *kafkiano)* me resultara entonces incomprensible: estaba deslumbrado.

Más tarde mi vista se adaptó a la luz del «poema» y comencé a ver en lo que me había deslumbrado mis propias vivencias; sin embargo, la luz permanecía siempre ahí.

Inmutable, «el poema» nos aguarda, dice Jan Skacel, «desde hace mucho mucho tiempo». Ahora bien, en el mundo del cambio perpetuo, ¿no es lo inmutable una pura ilusión?

No. Toda situación es obra del hombre y no puede contener más que lo que está en él; podemos, por lo tanto, imaginar que existe (ella y toda su metafísica) «desde hace mucho mucho tiempo» en tanto que posibilidad humana.

Pero, en este caso, ¿qué representa la Historia (lo no inmutable) para el poeta?

En la visión del poeta, la Historia se encuentra, cosa rara, en una posición paralela a la suya propia: no *inventa, descubre*. En las situaciones inéditas desvela lo que es el hombre, lo que está en él «desde hace mucho mucho tiempo», lo que son sus posibilidades.

Si el poema ya está ahí, sería ilógico conceder al poeta la capacidad de *previsión;* no, él «no hace sino descubrir» una posibilidad humana (ese «poema» que está ahí «desde hace mucho mucho tiempo») que la Historia también, a su vez, descubrirá un día.

Kafka no profetizó. Vio únicamente lo que estaba «ahí detrás». No sabía que su visión era también una pre-visión. No tenía la intención de desenmascarar un sistema social. Sacó a la luz los mecanismos que conocía por la práctica íntima y microsocial del hombre, sin sospechar que la evolución ulterior de la Historia los pondría en movimiento en su gran escenario.

La mirada hipnótica del poder, la búsqueda desesperada de la propia falta, la exclusión y la angustia de ser excluido, la condena al conformismo, el carácter fantasmal de lo real y la realidad mágica del expediente, la violación perpetua de la vida íntima, etcétera, todos estos experimentos que la Historia ha realizado con el hombre en sus inmensas probetas, Kafka los ha realizado (unos años antes) en sus novelas.

El encuentro entre el universo real de los Estados totalitarios y el «poema» de Kafka mantendrá siempre algo de misterioso y testimoniará que el acto del poeta, por su propia esencia, es incalculable; y paradójico: el enorme alcance social, político, «profético» de las novelas de Kafka reside precisamente en su «no-compromiso», es decir, en su autonomía total con respecto a todos los programas políticos, conceptos ideológicos, prognosis futurológicas.

En efecto, si en lugar de buscar «el poema» oculto «en alguna parte ahí detrás», el poeta se «compromete» a servir a una verdad conocida de antemano (que se ofrece de por sí y está «ahí delante»), renuncia así a la misión propia de la poesía. Y poco importa que la verdad preconcebida se llame revolución o disidencia, fe cristiana o ateísmo, que sea más justa o menos justa; el poeta al servicio de otra verdad que la que está *por descubrir* (que es *deslumbramiento)* es un falso poeta.

Si estimo tanto y tan apasionadamente la herencia de Kafka, si la defiendo como si de mi herencia personal se tratara, no es porque crea útil imitar lo inimitable (y descubrir una vez más lo *kafkiano),* sino por ese formidable ejemplo de *autonomía radical* de la novela (de la poesía que es la novela). Gracias a ella Franz Kafka dijo sobre nuestra condición humana (tal como se manifiesta en nuestro siglo) lo que ninguna reflexión sociológica o politológica podrá decirnos.

Sexta parte
Sesenta y cinco palabras

En 1968 y 1969, La broma *fue traducida a todos los idiomas occidentales. Pero ¡menudas sorpresas! En Francia, el traductor reescribió la novela ornamentando mi estilo. En Inglaterra, el editor cortó pasajes reflexivos, eliminó los capítulos musicológicos, cambió el orden de las partes, recompuso la novela. Otro país. Me encuentro con mi traductor: no sabe una sola palabra de checo. «¿Cómo la tradujo?» Me contesta: «Con el corazón», y me enseña una foto mía que saca de su cartera. Era tan simpático que estuve a punto de creer que realmente se podía traducir gracias a una telepatía del corazón. Naturalmente la cosa era más simple: había hecho la traducción a partir del refrito francés, al igual que el traductor en Argentina. Otro país: se tradujo del checo. Abro el libro y me encuentro por casualidad con el monólogo de Helena. Las largas frases que en el original forman todo un párrafo están divididas en multitud de pequeñas frases simples... La impresión que me produjeron las traducciones de* La broma *me marcó para siempre. Sobre todo para mí, que ya no tengo prácticamente lectores checos, las traducciones lo representan todo. Por ello hace unos años me decidí a poner orden en las ediciones extranjeras de mis li-*

bros. Y esto no se llevó a cabo sin conflictos ni fatigas: la lectura, el control, la revisión de mis novelas, antiguas y nuevas, en los tres o cuatro idiomas en los que sé leer, han ocupado por completo todo un periodo de mi vida...

El autor que se afana por supervisar las traducciones de sus novelas corre detrás de las múltiples palabras como un pastor tras un rebaño de corderos salvajes; triste imagen para sí mismo, ridícula para los demás. Sospecho que mi amigo Pierre Nora, director de la revista Le Débat, *debió de darse cuenta del aspecto tristemente cómico de mi existencia de pastor. En cierta ocasión, con mal disimulada compasión, me dijo: «Olvida de una vez tus tormentos y escribe más bien algo para mi revista. Las traducciones te han obligado a reflexionar sobre cada una de tus palabras. Escribe, pues, tu diccionario particular. El diccionario de tus novelas. Tus palabras-clave, tus palabras-problema, tus palabras-amor...».*

Ya está hecho.

AFORISMO. Del griego *aphorismos,* que significa «definición». Aforismo: forma poética de la definición. (Ver: DEFINICIÓN.)

AZULADO. Ningún otro color conoce esta forma lingüística. «La muerte tiernamente azulada como el no-ser.» *(El libro de la risa y el olvido.)* (Ver: NO-SER.)

BELLEZA (y conocimiento). Quienes dicen con Broch que el conocimiento es la única moral de la novela son traicionados por el aura metálica de la palabra «conocimiento», demasiado comprometida por su relación con las ciencias. Por eso hay que añadir: todos los aspectos de la existencia que descubre la novela, los descubre como belleza. Los primeros novelistas descubrieron la aventura. Gracias a ellos la aventura como tal nos parece hermosa y la deseamos. Kafka describió la situación del hombre trágicamente atrapado. Antes, los kafkólogos discutieron largamente acerca de si su autor nos dejaba o no un resquicio de esperanza. No, ninguna esperanza. Algo distinto. Kafka descubre incluso esa situación insoportable como extraña, negra belleza. Belleza, la última victoria posible del hombre que ya no tiene esperanza. Belleza en el arte: luz súbitamente encendida de lo nunca-dicho. Esa luz que irradian las grandes novelas nunca alcanza el tiempo a ensombrecerla, porque, como la existencia humana es perpetuamente olvidada por el hombre, los descubrimientos de los novelistas, por viejos que sean, nunca dejarán de asombrarnos.

CARACTERES. Los libros se imprimen con caracteres cada vez más pequeños. Imagino el fin de la literatura: poco a poco, sin que nadie se dé cuenta, las letras disminuirán hasta hacerse completamente invisibles.

COLABORACIONISTA. Las situaciones históricas siempre nuevas revelan las constantes posibilidades del hombre y nos permiten denominarlas. Así, el término colaboración adquirió durante la guerra contra el nazismo un sentido nuevo: estar voluntariamente al servicio de un poder inmundo. ¡Noción fundamental! ¿Cómo pudo la humanidad estar sin ella hasta 1944? Una vez encontrada la palabra, uno se da cuenta más y más de que la actividad del hombre tiene el carácter de una colaboración. A todos aquellos que exaltan el estrépito de los medios de comunicación, la sonrisa imbécil de la publicidad, el olvido de la naturaleza, la indiscreción elevada al rango de virtud, hay que llamarlos: *colaboracionistas de la modernidad.*

CÓMICO. Al ofrecernos la bella ilusión de la grandeza humana, lo trágico nos aporta un consuelo. Lo cómico es más cruel: nos revela brutalmente la insignificancia de todo. Supongo que todas las cosas humanas contienen su aspecto cómico, que en ciertos casos he reconocido, admitido, explotado y, en otros casos, ocultado. Los auténticos genios de la comicidad no son los que más nos hacen reír sino los que descubren una *zona desconocida de lo cómico.* La Historia ha sido considerada siempre como un territorio exclusivamente serio. Ahora bien, existe la comicidad desconocida de la Historia. Como existe la comicidad (difícil de aceptar) de la sexualidad.

CHECOSLOVAQUIA. Jamás utilizo la palabra Checoslovaquia en mis novelas, aunque la acción se sitúe generalmente allí. Esta palabra compuesta es demasiado joven (nacida en 1918), carece de raíces en el tiempo, de belleza, y traiciona el carácter compuesto y demasiado joven (aún no probado por el tiempo) de la cosa denominada. Aunque se pueda, en rigor, fundar un Estado sobre una palabra tan poco sólida, no se puede fundar sobre ella una novela. Por eso, para designar el país de mis personajes, empleo siempre la vieja palabra Bohemia. Desde el punto de vista de la geografía política, no es exacto (mis traductores se rebelan con frecuencia), pero, desde el punto de vista de la poesía, es la única denominación posible.

DEFINICIÓN. Es el armazón de algunas palabras abstractas lo que sostiene la trama meditativa de la novela. Si no quiero caer en la vaguedad en la que todo el mundo cree comprenderlo todo sin comprender nada, no solamente tengo que elegir esas palabras con extrema precisión, sino también definirlas y volver a definirlas. (Ver: DESTINO, FRONTERA, LEVEDAD, LIRISMO, TRAICIONAR.) Me parece que una novela no es, con frecuencia, sino una larga persecución de algunas definiciones huidizas.

DESTINO. Llega un momento en que la imagen de nuestra vida se separa de la vida misma, pasa a ser independiente y, poco a poco, comienza a dominarnos. Ya en *La broma:* «... no habría fuerza capaz de modificar esa imagen de mi persona que está depositada en algún sitio de la más alta cámara de decisiones sobre los destinos humanos: comprendí que aquella imagen (aunque no se parezca a mí) es mucho más real que yo mismo; que no es ella la mía, sino yo su sombra: que no es a ella a quien se puede acusar de no parecérseme, sino que esa desemejanza es culpa mía...».

Y en *El libro de la risa y el olvido:* «El destino no tenía la intención de mover un dedo por Mirek (por su felicidad, su seguridad, su buen estado de ánimo y su salud) y en cambio Mirek está preparado para hacer todo lo que haga falta por su destino (por su grandeza, su claridad, su estilo y su sentido inteligible). Él se siente responsable de su destino, pero su destino no se siente responsable de él».

Contrariamente a Mirek, el personaje hedonista del cuarentón *(La vida está en otra parte)* siente apego por «su idílico no-destino». (Ver: IDILIO.) En efecto, un hedonista se defiende contra la transformación de su vida en destino. El destino nos vampiriza, nos pesa, es como una bola de hierro atada a nuestros tobillos. (El cuarentón, dicho sea de paso, es el que siento más próximo a mí de todos mis personajes.)

EDAD MODERNA. El advenimiento de la Edad Moderna. Momento clave de la historia de Europa. Dios se convierte en *Deus absconditus* y el hombre en el fundamento de todo. Nace el individualismo europeo y con él una nueva situación del arte, de la cultura, de la ciencia. Encuentro dificultades para la traducción de este término en Norteamérica. Si se escribe *Modern Times,* el norteamericano comprende: la época contemporánea, nuestro siglo. La ignorancia de la noción de Edad Moderna en Norteamérica revela toda la fisura que existe entre los dos continentes. En Europa vivimos el fin de la Edad Moderna; el fin del individualismo; el fin del arte concebido como expresión de una originalidad personal irreemplazable; un fin que anuncia una época de una uniformidad sin parangón. Esta sensación de fin no la siente Norteamérica, pues no ha vivido el nacimiento de la Edad Moderna y no es más que su heredera tardía. Tiene otros criterios acerca de lo que es el comienzo y lo que es el fin.

ELITISMO. La palabra elitismo no aparece en Francia hasta 1967, y la palabra elitista hasta 1968. Por primera vez en la historia, el idioma mismo arroja sobre la noción de elite un sentido de negatividad y hasta de desprecio.

La propaganda oficial en los países comunistas empezó a fustigar el elitismo y a los elitistas al mismo tiempo. Con estos términos no designaba a los directores de empresa, a los deportistas célebres o políticos, sino exclusivamente a la elite cul-

151

tural, a filósofos, escritores, profesores, historiadores, hombres de cine y teatro.

Sincronismo asombroso. Deja suponer que en toda Europa la elite cultural está cediendo su lugar a otras elites. Allá, a la elite del aparato policial. Aquí, a la elite del aparato de los medios de comunicación. A estas nuevas elites nadie las acusará de elitismo. De este modo, el término elitismo pronto caerá en el olvido. (Ver: EUROPA.)

ENTREVISTA. 1) el entrevistador hace preguntas interesantes para él, sin interés alguno para uno mismo; 2) no utiliza de las respuestas de uno sino las que le convienen; 3) las traduce a su vocabulario, a su manera de pensar. Siguiendo el ejemplo del periodismo norteamericano, no se dignará siquiera a hacer que uno apruebe lo que él le ha hecho decir. Aparece la entrevista. Uno se consuela: ¡la olvidarán! ¡Qué va! ¡La citarán! Incluso los universitarios más escrupulosos ya no distinguen entre las palabras que un escritor ha escrito y firmado y sus comentarios transcritos. (Precedente histórico: *Conversaciones con Kafka*, de Gustav Janouch, mistificación que, para algunos kafkólogos, es una fuente inagotable de citas.) En junio de 1985 tomé una firme decisión: nunca más una entrevista. Salvo los diálogos, corredactados por mí y acompañados de mi copyright. A partir de esta fecha, todo comentario mío de segunda mano debe ser considerado falso.

EUROPA. En la Edad Media, la unidad europea se asentaba en la religión común. En la Edad Moderna, cedió su puesto a la cultura (arte, literatura, filosofía), que se convirtió en la realización de los valores supremos gracias a los cuales los europeos se reconocían, se definían, se identificaban. Hoy la cultura cede a su vez su puesto. Pero ¿a qué y a quién? ¿En qué terreno se desarrollarán los valores supremos susceptibles de unir a Europa? ¿Las proezas técnicas? ¿El mercado? ¿La política con su ideal de democracia, con el principio de tolerancia? Pero esta tolerancia, si ya no protege una creación rica ni un pensamiento fuerte, ¿no resulta vacía e inútil? ¿O acaso podemos comprender la dimisión de la cultura como una especie de liberación a la que hay que entregarse con euforia? No lo sé. Lo único que creo saber es que la cultura ha cedido ya su puesto. Así, la imagen de la identidad europea se aleja en el pasado. Europeo: el que siente nostalgia de Europa.

EUROPA CENTRAL. Siglo XVII: la inmensa fuerza del barroco impone a esta región, multinacional y, por lo tanto, policéntrica, con fronteras cambiantes e indefinibles, cierta unidad cultural. La sombra rezagada del catolicismo barroco se prolonga hasta el siglo XVIII: ningún Voltaire, ningún Fielding. En la jerarquía de las artes, es la música la que ocupa el primer lugar. Desde Haydn (y hasta Schönberg y Bartok) el centro de gravedad de la música

153

europea se encuentra aquí. Siglo XIX: algunos grandes poetas, pero ningún Flaubert; el espíritu del Biedermeier: el velo del idilio arrojado sobre lo real. En el siglo XX, la rebelión. Los más grandes pensadores (Freud, los novelistas) revalorizan lo que durante siglos fue despreciado y desconocido: la racional lucidez desmistificadora; el sentido de lo real; la novela. Su rebelión se sitúa precisamente en el lado opuesto al modernismo francés, antirracionalista, antirrealista, lírico (eso ocasionará muchos malentendidos). La pléyade de los grandes novelistas centroeuropeos: Kafka, Hašek, Musil, Broch, Gombrowicz: su aversión por el romanticismo; su amor por la novela prebalzaquiana y por el espíritu libertino (Broch interpretando el kitsch como una conspiración del puritanismo monógamo contra el Siglo de las Luces); su desconfianza de la Historia y de la exaltación del porvenir; su modernismo ajeno a las ilusiones de la vanguardia.

La destrucción del Imperio, después, a partir de 1945, la marginación cultural de Austria y la no-existencia política de los demás países hacen de Europa central el espejo premonitorio del destino posible de toda Europa, el laboratorio del crepúsculo.

EUROPA CENTRAL (y Europa). En el texto de contracubierta, el editor quiere situar a Broch en un contexto muy centroeuropeo: Hofmannsthal, Svevo.

Broch protesta. ¡Si se le quiere comparar con alguien que sea con Gide y con Joyce! ¿Quería acaso con ello renegar de su «centroeuropeísmo»? No, solamente quería decir que los contextos nacionales, regionales, no sirven para nada cuando se trata de alcanzar el sentido y el valor de una obra.

EXCITACIÓN. No placer, goce, sentimiento, pasión. La excitación es el fundamento del erotismo, su más profundo enigma, su palabra clave.

FLUIR. En una carta, Chopin describe su estancia en Inglaterra. Toca en los salones y las damas expresan su satisfacción siempre con la misma frase: «¡Oh, qué bello! ¡Fluye como el agua!». Chopin se irritaba igual que yo cuando oigo elogiar una traducción con la misma fórmula: «Es muy fluida». Los partidarios de la traducción «fluida» objetan con frecuencia a mis traductores: «¡Eso no se dice así en alemán (en inglés, en español, etcétera)!»: Yo les respondo: «¡Es que en checo tampoco se dice así!». Roberto Calasso, mi editor italiano, suele decir: no se reconoce una buena traducción por su fluidez, sino por todas las fórmulas insólitas y originales que el traductor ha tenido el valor de conservar y defender.

FRONTERA. «Basta con tan poco, tan terriblemente poco, para que uno se encuentre del otro lado de la frontera, donde todo pierde su sentido: el amor, las convicciones, la fe, la Historia. Todo el secreto de la vida humana consiste en que transcurre en la inmediata proximidad, casi en contacto directo con esta frontera, que no está separada de ella por kilómetros sino por un único milímetro.» *(El libro de la risa y el olvido.)*

GRAFOMANÍA. No es la manía «de escribir cartas, diarios, crónicas de familia (es decir, escribir para uno mismo y para quienes te rodean), sino de escribir libros (es decir, de tener un público de lectores desconocidos)». *(El libro de la risa y el olvido.)* No es la manía de crear una forma, sino la de imponer su yo a los demás. Es ésta la más grotesca versión de la voluntad de poder.

IDEAS. El desagrado que siento por quienes reducen una obra a sus ideas. El horror que me produce el ser arrastrado a lo que se llaman «debates de ideas». La desesperación que me inspira una época obnubilada por las ideas, indiferente a las obras.

IDILIO. Palabra raramente utilizada en Francia, pero que era un concepto importante para Hegel, para Goethe, para Schiller: el estado del mundo antes del primer conflicto; o fuera de los conflictos; o con conflictos que no son sino malentendidos, o sea falsos conflictos. «Aunque su vida amorosa era muy variada, el cuarentón era en el fondo un idílico...» *(La vida está en otra parte.)* El deseo de conciliar la aventura erótica con el idilio es la esencia misma del hedonismo —y la razón por la cual el ideal hedonista es inaccesible para el hombre.

IMAGINACIÓN. ¿Qué quiso usted decir con la historia de Tamina en la isla de los niños?, me preguntan. Esta historia fue en su origen un sueño que me fascinó, que volví a soñar despierto y que amplié y profundicé al escribirlo. ¿Su sentido? Si quieren: una imagen onírica de un porvenir infantocrático. (Ver INFANTOCRACIA.) Sin embargo, ese sentido no ha precedido al sueño, es el sueño el que precedió al sentido. Por lo tanto hay que leer ese relato dejándose llevar por la imaginación. De ningún modo como si se tratara de un jeroglífico que hay que descifrar. Esforzándose por descifrarlo fue como los kafkólogos mataron a Kafka.

INEXPERIENCIA. Primer título considerado para *La insoportable levedad del ser:* «El planeta de la inexperiencia». La inexperiencia como una cualidad de la condición humana. Se nace una sola vez, nunca se podrá volver a empezar otra vida con las experiencias de la vida precedente. Salimos de la infancia sin saber qué es la juventud, nos casamos sin saber qué es estar casado, e incluso cuando entramos en la vejez, no sabemos adónde vamos: los viejos son niños inocentes de su vejez. En este sentido, la Tierra del hombre es el planeta de la inexperiencia.

157

INFANTOCRACIA. «Un motociclista se lanzaba por la calle vacía, brazos y piernas en O, y atravesaba el espacio en medio de un ruido ensordecedor; su rostro reflejaba la seriedad de un niño que da a sus aullidos la mayor importancia.» (Musil en *El hombre sin atributos*.) La seriedad de un niño: el rostro de la Edad tecnológica. La infantocracia: el ideal de la infancia impuesta a la humanidad.

IRONÍA. ¿Quién tiene razón y quién está equivocado? ¿Es Emma Bovary insoportable? ¿O valiente y conmovedora? ¿Y Werther? ¿Sensible y noble? ¿O un sentimental agresivo, enamorado de sí mismo? Cuanto más atentamente se lee la novela, más imposible resulta la respuesta porque, por definición, la novela es el arte irónico: su «verdad» permanece oculta, no pronunciada, no-pronunciable. «Recuerde, Razumov, que las mujeres, los niños y los revolucionarios detestan la ironía, negación de todos los instintos generosos, de toda fe, de toda devoción, de toda acción» hace decir Joseph Conrad a una revolucionaria rusa en *Bajo la mirada de Occidente*. La ironía irrita. No porque se burle o ataque, sino porque nos priva de certezas revelando el mundo como ambigüedad. Leonardo Sciascia: «Nada más difícil de comprender, más indescifrable que la ironía». Es inútil querer hacer una novela «difícil» por afectación de estilo; cada novela digna de esta calificación, por clara que sea, es bastante difícil por su consustancial ironía.

JUVENTUD. «Me invadió una ola de rabia contra mí mismo, contra la edad que entonces tenía, contra la estúpida *edad lírica...» (La broma.)*

KITSCH. Cuando escribía *La insoportable levedad del ser*, estaba un poco inquieto por haber hecho de la palabra «kitsch» una de las palabras clave de la novela. Efectivamente, hasta hace poco, esta palabra era casi desconocida en Francia o conocida en un sentido muy empobrecido. En la versión francesa del célebre ensayo de Hermann Broch, se tradujo la palabra «kitsch» por «arte de pacotilla». Un contrasentido, porque Broch demuestra que el kitsch es algo más que una simple obra de mal gusto. Está la actitud kitsch. El comportamiento kitsch. La necesidad de kitsch del «hombre kitsch» *(Kitschmensch):* es la necesidad de mirarse en el espejo del engaño embellecedor y reconocerse en él con emocionada satisfacción. Para Broch, el kitsch está ligado históricamente al Romanticismo sentimental del siglo XIX. Y como en Alemania y en Europa central el siglo XIX era mucho más romántico (y mucho menos realista) que en otras partes, fue allá donde el kitsch se extendió en mayor medida, allá donde nació la palabra kitsch, donde se sigue utilizando corrientemente. En Praga vimos en el kitsch al enemigo principal del arte. No en Francia. Aquí, al arte auténtico se le contrapone el *divertimento.* Al arte de gran calidad, el arte ligero, menor. Pero en lo que a mí respecta, ¡nunca me han molestado las novelas policiacas de Agatha Christie! Por el contrario, Tchaikovski, Rachmaninov, Horowitz al piano, las grandes películas de Hollywood, *Kramer contra Kramer*, *Doctor Zhivago* (¡oh, pobre Pasternak!), eso sí lo detesto profundamente, sinceramente. Y cada vez me siento más irritado por el espíritu del kitsch presente en obras cuya forma pretende ser modernista. (Añado: la aversión que Nietzsche sintió por las «bellas palabras» y por los «abrigos ostentosos» de Victor Hugo fue un rechazo anticipado del kitsch.)

LETANÍA. Repetición: principio de la composición musical. Letanía: palabra convertida en música. Quisiera que la novela, en sus pasajes reflexivos, se convirtiera en canto de vez en cuando. He aquí en *La broma* un pasaje de letanía compuesto sobre la palabra *hogar:*

«... y me pareció que dentro de estas canciones estaba mi estigma original, mi *hogar,* al que había defraudado, pero que era por eso mismo *más aún* mi hogar (porque la voz más lastimosa es la del hogar al que hemos defraudado) pero enseguida me di cuenta también de que este hogar no era de este mundo (¿y qué hogar es, si no es de este mundo?), que lo que cantábamos y tocábamos era sólo un recuerdo, una reminiscencia, la conservación de la imagen de algo que ya no existe, y sentí cómo la tierra firme de este hogar se hundía bajo mis pies, cómo caía, cómo sostenía el clarinete junto a la boca y me hundía en la profundidad de los años, en la profundidad de los siglos, en una profundidad inconmensurable, y me dije con sorpresa que mi único hogar es precisamente este hundimiento, esta inquisitiva y anhelante caída, y seguí así entregado a ella, experimentando un dulce vértigo».

En la primera edición francesa, todas las repeticiones fueron reemplazadas por sinónimos:

«... y me pareció que dentro de estas coplas estaba *en casa*, que procedía de ellas, que su entidad era mi signo original, mi hogar que, por haber sufrido mi felonía, me *pertenecía aún más* (porque la voz más desgarradora se eleva del nido al que hemos defraudado); es cierto que inmediatamente comprendí que no era de este mundo (¿pero de qué morada puede tratarse si no se ubica aquí abajo?), que el coro de nuestros cantos y melodías no tenía mayor espesor que la del recuerdo, monumento, supervivencia hecha imagen de un real fabuloso que ya no existe y sentí que bajo mis pies se hundía el suelo continental de ese hogar, que me sentía deslizar el clarinete entre los labios, precipitándome en el abismo de los años, de los siglos, en un vacío sin fondo y me dije con asombro que este descenso era mi único refugio, esta caída anhelante, ávida, y así me dejé ir entregado a la voluptuosidad de mi vértigo».

Los sinónimos destruyeron no sólo la melodía, sino también la claridad del sentido. (Ver: RE-PETICIONES.)

161

LEVEDAD. Encuentro ya la insoportable levedad del ser en *La broma:* «Iba andando por aquellos adoquines polvorientos y sentía la pesada levedad del vacío que yacía sobre mi vida».

Y en *La vida está en otra parte:* «Jaromil soñaba algunas veces que tenía que levantar un objeto muy liviano, una taza de té, una cuchara, una pluma, y que no podía: cuanto menos pesado era el objeto, más débil era él, sucumbía bajo su levedad».

Y en *La despedida:* «Raskolnikov vivía su asesinato como una tragedia y caía bajo el peso de sus actos. Y Jakub se queda asombrado, al ver que lo que había hecho era leve, no pesaba nada, no le pesaba. Y piensa si en esa levedad no hay mucho más horror que en las experiencias histéricas del héroe ruso».

Y en *El libro de la risa y el olvido:* «Esa cavidad vacía en el estómago es precisamente la insoportable ausencia de peso. Igual que un extremo puede convertirse en cualquier momento en su contrario, la máxima ligereza se ha convertido en la terrible carga de la falta de peso, y Tamina sabe que ya no es capaz de soportarla ni un instante más».

¡Releyendo las traducciones de mis libros, me di cuenta, consternado, de estas repeticiones! Luego me consolé: todos los novelistas escriben, probablemente, una especie de *tema* (la primera novela) *con variaciones.*

LÍRICA. En *La insoportable levedad del ser,* se habla de dos tipos de mujeriegos; mujeriegos líricos (que buscan en cada mujer su propio ideal) y mujeriegos épicos (que buscan en las mujeres la infinita diversidad del mundo femenino). Esto responde a la diferenciación clásica de la lírica y de la épica, diferenciación que no hizo su aparición hasta finales del siglo XVIII en Alemania y que Hegel desarrolló magistralmente en la *Estética:* la lírica es la expresión de la subjetividad que se confiesa; la épica proviene de la pasión por apropiarse de la objetividad del mundo. La lírica y la épica, para mí, van más allá del ámbito estético, representan dos posibles actitudes del hombre en relación consigo mismo, con el mundo, con los demás (la edad lírica = la edad de la juventud). Por desgracia, esta concepción de lo lírico y lo épico es tan poco familiar a los franceses que me vi obligado a consentir que, en la versión francesa, el mujeriego lírico se convirtiera en el jodedor romántico y el mujeriego épico en el jodedor libertino. La mejor solución, pero que, de todos modos, me entristeció un poco.

LIRISMO (y revolución). «El lirismo es una borrachera y el hombre se emborracha para confundirse más fácilmente con el mundo. La Revolución no desea ser estudiada y observada, intenta que la gente se confunda con ella; en este sentido, es lírica y necesita de los líricos.» *(La vida está en otra par-*

163

te.) «Los muros tras los que se hallaban prisioneros los hombres estaban construidos de versos y a lo largo de aquellos muros se bailaba. Y no, no era ninguna danza macabra. ¡Bailaban la inocencia con su sonrisa ensangrentada!» *(La vida está en otra parte.)*

MACHO (y misógino). El macho adora la feminidad y desea dominar lo que adora. Exaltando la feminidad arquetípica de la mujer dominada (su maternidad, su fecundidad, su debilidad, su carácter hogareño, su sentimentalismo, etcétera), exalta su propia virilidad. Por el contrario, al misógino le horroriza la feminidad, escapa de las mujeres demasiado mujeres. El ideal del macho: la familia. El ideal del misógino: soltero con muchas amantes; o: casado con una mujer amada sin hijos.

MEDITACIÓN. Tres posibilidades elementales del novelista: *cuenta* una historia (Fielding), *describe* una historia (Flaubert), *piensa* una historia (Musil). La descripción novelesca del siglo XIX estaba en armonía con el espíritu (positivista, científico) de la época. Fundamentar una novela en una meditación permanente va en el siglo XX en contra del espíritu de la época a la que ya no le gusta en absoluto pensar.

METÁFORA. No las quiero si no son más que un ornamento. Y no pienso tan sólo en clichés como «la verde alfombra de un prado», sino también, por ejemplo, en Rilke: «Su risa rezumaba de la boca cual heridas purulentas». O aun: «Ya deshoja su oración y se yergue ésta de su boca cual arbusto muerto». *(Cuadernos de Malte Laurids Brigge.)* (Al rechazar programáticamente las metáforas, Kafka se oponía conscientemente, me parece, a Rilke.) Por el contrario, la metáfora me parece irreemplazable como medio para aprehender, iluminada por una repentina revelación, la inasible esencia de las cosas, de las situaciones, de los personajes. La definición de la actitud existencial de Esch: «Él deseaba la claridad sin equívocos: quería crear un mundo de una simplicidad tan clara que su soledad pudiera atarse a esa claridad como a un poste de hierro». (Hermann Broch, *Los sonámbulos.*) Mi norma: muy pocas metáforas en una novela; pero éstas deben ser sus puntos luminosos (eventualmente susceptibles de pasar a ser temas que vuelven una y otra vez).

MISÓGINO. Cada uno de nosotros se ve confrontado desde sus primeros días con un padre y una madre, con una feminidad y una virilidad. En consecuencia, marcado por una relación armónica o inarmónica con cada uno de estos dos arquetipos. Los ginófobos (misóginos) existen no sólo entre los hombres sino también entre las mujeres y hay tantos ginófobos como andrófobos (los y las que viven en desarmonía con el arquetipo de hombre). Estas actitudes son posibilidades distintas y totalmente legítimas de la condición humana. El maniqueísmo feminista nunca se planteó la cuestión de la androfobia y convirtió la misoginia en simple insulto. De este modo se ha esquivado el contenido psicológico de esta noción, que sería el único interesante.

MISOMUSO. No tener sentido para el arte no es grave. Se puede no leer a Proust, no escuchar a Schubert, y vivir en paz. Pero el misomuso no vive en paz. Se siente humillado por la existencia de una cosa que lo sobrepasa, y la odia. Existe una misomusia popular igual que hay un antisemitismo popular. Los regímenes fascistas y comunistas sabían sacar provecho de esto cuando perseguían el arte moderno. Pero hay una misomusia intelectual, sofisticada: se venga del arte sometiéndolo a un objetivo situado más allá de la estética. La doctrina del arte comprometido: el arte como instrumento de una política. Los profesores para quienes una obra de arte no es más que un pretexto para el ejercicio de un método (psicoanalítico, semiológico, sociológico, etcétera). La misomusia democrática: el mercado en tanto que juez supremo del valor estético.

MISTIFICACIÓN. Neologismo, de por sí divertido (derivado de la palabra misterio), aparecido en Francia en el siglo XVIII en los ambientes de espíritu libertino para designar engaños de intención exclusivamente cómica. Diderot tiene cuarenta y siete años cuando trama una broma extraordinaria haciéndole creer al marqués de Croismare que una monja, joven y desgraciada, solicita su protección. Durante varios meses le envía al conmovido marqués cartas firmadas por una mujer que no existe. *La Religiosa* – fruto de una mistificación: razón de más para amar a Diderot y su siglo. Mistificación: manera activa de no tomar el mundo en serio.

MODERNO (arte moderno; mundo moderno). Hay un arte moderno que, con un éxtasis *lírico,* se identifica con el mundo moderno. Apollinaire. La exaltación de la técnica, la fascinación por el futuro. Con y después de él: Maiakovski, Léger, los futuristas, las vanguardias. Lo opuesto a Apollinaire es Kafka. El mundo moderno como un laberinto en el que se pierde el hombre. La modernidad *antilírica,* antirromántica, escéptica, crítica. Con y después de Kafka: Musil, Broch, Gombrowicz, Beckett, Ionesco, Fellini... A medida que se profundiza en el futuro, adquiere mayor grandeza la herencia de la «*modernidad antimoderna*».

MODERNO (ser moderno). «Nueva, nueva, nueva es la estrella del comunismo, y fuera de ella no hay modernidad» escribió hacia 1920 el gran novelista de vanguardia checo, Vladislav Vancura. Toda su generación acudía al partido comunista para no dejar de ser moderna. El declive histórico del partido comunista se selló cuando éste se encontró en todas partes «fuera de la modernidad». Porque «hay que ser absolutamente moderno», ordenó Rimbaud. El deseo de ser moderno es un arquetipo, es decir un imperativo irracional, profundamente anclado en nosotros, una forma insistente cuyo contenido es cambiante e indeterminado: es moderno quien se declara moderno y es aceptado como tal. La madre Lejeune en *Ferdydurke* exhibe como uno de los signos de la modernidad «su actitud desenvuelta para ir al retrete, adonde antes iba a hurtadillas». *Ferdydurke* de Gombrowicz: la más brillante desmitificación del arquetipo de lo moderno.

NO-SER. «... una muerte dulcemente azulada como el no-ser.» *(El libro de la risa y el olvido.)* No se puede decir: «azulada como la nada» porque la nada no es azulada. Eso prueba que la nada y el no-ser son dos cosas completamente distintas. (Ver: AZULADO.)

NOVELA. La gran forma de la prosa en la que el autor, mediante egos experimentales (personajes), examina hasta el límite algunos temas de la existencia.

NOVELA (europea). La novela a la que llamo *europea* se forma en el sur de Europa al comienzo de la Edad Moderna y representa una entidad histórica en sí que, más tarde, ampliará su espacio allende la Europa geográfica (especialmente en las Américas). Por la riqueza de sus formas, por la intensidad vertiginosamente concentrada de su evolución, por su papel social, la novela europea (al igual que la música europea) no tiene parangón en ninguna otra civilización.

NOVELA (y poesía). 1857: el año más grande del siglo. *Las flores del mal* de Baudelaire: la poesía lírica descubre el terreno que le es propio, su esencia. *Madame Bovary* de Flaubert: por primera vez una novela se dispone a asumir las más altas exigencias de la poesía (la intención de «buscar por encima de todo la belleza»; la importancia de cada palabra particular; la intensa melodía del texto; el imperativo de la originalidad aplicados a cada detalle). A partir de 1857 la historia de la novela será la de «*la novela convertida en poesía*». Pero *asumir las exigencias de la poesía* es algo muy distinto a *lirizar* la novela (renunciar a su esencial ironía, apartarse del mundo exterior, transformar la novela en confesión personal, sobrecargada de ornamentos). Los mayores «*novelistas convertidos en poetas*» son violentamente *antilíricos*: Flaubert, Joyce, Kafka, Gombrowicz. Novela: poesía antilírica.

NOVELISTA (y escritor). Releo el breve ensayo de Sartre «¿Qué es escribir?». No utiliza ni una vez las palabras *novela, novelista*. Sólo habla de *escritor de la prosa*. Es una diferenciación precisa. El escritor tiene ideas originales y una voz inimitable. Puede servirse de cualquier forma (incluida la novela) y todo lo que escriba, al estar marcado por su pensamiento, transmitido por su voz, forma parte de su obra. Rousseau, Goethe, Chauteaubriand, Gide, Camus, Malraux.

El novelista no hace demasiado caso a sus ideas. Es un descubridor que, a tientas, se esfuerza por desvelar un aspecto desconocido de la existencia. No está fascinado por su voz, sino por la forma que persigue, y sólo las formas que responden a las exigencias de su sueño forman parte de su obra. Fielding, Sterne, Flaubert, Proust, Faulkner, Céline.

El escritor se inscribe en el mapa espiritual de su tiempo, de su nación, en el de la historia de las ideas.

El único contexto en el que se puede captar el valor de una novela es el de la historia de la novela europea. El novelista no tiene que rendirle cuentas a nadie, salvo a Cervantes.

NOVELISTA (y su vida). «El artista debe hacer creer a la posteridad que no ha vivido», dice Flaubert. Maupassant impide que su retrato aparezca en una serie dedicada a escritores famosos: «La vida privada de un hombre y su aspecto no pertenecen al público». Hermann Broch sobre sí mismo, sobre Musil, sobre Kafka: «Ninguno de los tres tiene una verdadera biografía». Lo cual no quiere decir

170

que su vida fuera pobre en acontecimientos, sino que no estaba destinada a distinguirse, a ser pública, a convertirse en bio-grafía. Le preguntaron al novelista Karel Capek por qué no escribía poesía. Su respuesta: «Porque detesto hablar de mí mismo». El rasgo distintivo del verdadero novelista: no le gusta hablar de sí mismo. «Detesto meter la nariz en la valiosa vida de los grandes escritores y jamás levantará un biógrafo el velo de mi vida privada», dice Nabokov. Italo Calvino advierte: no dirá a nadie una sola palabra sobre su propia vida. Y Faulkner desea «ser anulado en tanto que hombre, suprimido de la Historia, no dejar huella alguna, nada más que libros impresos». (Retengámoslo bien: *libros* e *impresos,* es decir, que nada de manuscritos inacabados, nada de diarios, nada de cartas.) Según una famosa metáfora, el novelista derriba la casa de su vida para, con los ladrillos, construir otra casa: la de su novela. Los biógrafos de un novelista deshacen, por tanto, lo que hizo el novelista, rehacen lo que él ha deshecho. Su trabajo, puramente negativo desde el punto de vista del arte, no puede aclarar ni el valor ni el sentido de una novela. Desde el momento en que Kafka llama más la atención que Josef K., el proceso de la muerte póstuma de Kafka se pone en marcha.

OBRA. «Del esbozo a la obra, el camino se hace de rodillas.» No puedo olvidar este verso de Vladimir

171

Holan. Y me niego a poner al mismo nivel las cartas a Felice y *El castillo.*

OBSCENIDAD. En un idioma extranjero, se utilizan las palabras obscenas, pero no se las siente como tales. Una palabra obscena, pronunciada con acento, resulta cómica. Dificultad de ser obsceno con una mujer extranjera. Obscenidad: la más profunda raíz que nos liga a nuestra patria.

OCTAVIO. Estoy redactando este pequeño diccionario cuando un terrible terremoto sacude el centro de México, donde viven Octavio Paz y su mujer Mari-Jo. Nueve días sin noticias suyas. El 27 de septiembre, llamada telefónica: el mensaje de Octavio. Abro una botella a su salud. Y hago de su nombre, tan querido, tan querido, la quincuagésima de estas sesenta y cinco palabras.

OLVIDO. «La lucha del hombre contra el poder es la lucha de la memoria contra el olvido.» Se cita con frecuencia esta frase de *El libro de la risa y el olvido,* pronunciada por uno de sus personajes, Mirek, como mensaje de la novela. Es que el lector reconoce en una novela ante todo lo «ya conocido». Lo «ya conocido» de esta novela es el célebre tema de Orwell: el olvido impuesto por un poder totalitario. Pero lo original del relato sobre Mirek, lo he visto en otro lugar completamente distinto. Ese Mirek que lucha con todas sus fuerzas para que no se le olvide (a él, a sus amigos y a su lucha política) hace al mismo tiempo lo imposible por que se olvide lo otro (su ex amante, de la que se avergüenza). Antes de convertirse en un problema político, el querer el olvido es un problema existencial: desde siempre, el hombre sintió el deseo de reescribir su propia biografía, de cambiar el pasado, de borrar las huellas, las suyas y las de los demás. El querer el olvido está lejos de ser una simple tentación de hacer trampa. Sabina *(La insoportable levedad del ser)* no tiene razón alguna para ocultar nada, sin embargo la impulsa el deseo irracional de hacerse olvidar. El olvido: a la vez injusticia absoluta y consuelo absoluto. El análisis novelesco del tema del olvido no tiene fin ni conclusión.

OPUS. Excelente costumbre la de los compositores. No conceden un número de opus sino a aquellas obras que consideran «válidas». No numeran las que pertenecen a su inmadurez, a una ocasión fortuita, o que no son sino ejercicios. Un Beethoven no numerado, por ejemplo las *Variaciones a Salieri,* es realmente flojo, pero no nos decepciona, el propio compositor nos lo ha advertido. Cuestión fundamental para todo artista: ¿por qué obra empieza su obra «válida»? Janacek no encontró su originalidad hasta los cuarenta y cinco años. Sufro cuando escucho alguna de sus composiciones que quedan del periodo anterior. Antes de su muerte, Debussy destruyó todos sus esbozos, todo lo que había dejado inacabado. Lo menos que puede hacer un autor por sus obras: barrer a su alrededor.

REFLEXIÓN. Lo más difícil de traducir: no el diálogo, la descripción, sino los pasajes reflexivos. Hay que mantener su absoluta exactitud (toda infidelidad semántica hace falsa la reflexión) pero al mismo tiempo su belleza. La belleza de la reflexión se pone de manifiesto en las *formas poéticas de la reflexión*. Conozco tres: 1) el aforismo, 2) la letanía, y 3) la metáfora. (Ver: AFORISMO, LETANÍA y METÁFORA.)

REPETICIONES. Nabokov señala que, al comienzo de *Ana Karenina*, en el texto ruso, la palabra «casa» se repite ocho veces en seis frases y que esta repetición es un artificio deliberado por parte del autor. Sin embargo, en la traducción francesa, sólo aparece una vez la palabra «casa» y, en la traducción checa, no más de dos. En el mismo libro: cada vez que Tolstoi escribía *skazal* (dijo), encuentro en la traducción «profirió», «replicó», «repitió», «gritó», «concluyó», etcétera. A los traductores les enloquecen los sinónimos. (Rechazo la noción misma de sinónimo: cada palabra tiene su sentido propio y es semánticamente irreemplazable.) Pascal: «Cuando en un discurso se encuentran palabras repetidas y, al tratar de corregirlas, resultan tan adecuadas que se estropearía el discurso, hay que dejarlas, son su marca». La riqueza del vocabulario no es un valor en sí: en Hemingway, lo que consigue la melodía y la belleza de su estilo es la limitación del vocabulario, la repetición de las mismas palabras en el mismo párrafo. El refinamiento lúdico de la repetición en el primer párrafo de una de las más bellas prosas francesas. «Yo amaba perdidamente a la condesa de...; tenía veinte años y era ingenuo; ella me engañó, yo me enfadé, ella me dejó. Yo era ingenuo, la eché de menos; yo tenía veinte años, ella me perdonó: y, como yo tenía veinte años, era tan ingenuo, siempre engañado, pero ya no abandonado, me creía el amante mejor amado y por tanto el más feliz de los hombres...» (Vivant Denon: *Point de lendemain.)* (Ver: LETANÍA.)

REWRITING. Entrevistas, conversaciones, comentarios recopilados. Adaptaciones, transcripciones cinematográficas, televisadas. *Rewriting* como espíritu de la época. «Un día toda la cultura pasada será totalmente reescrita y totalmente olvidada tras su *rewriting.*» (Prefacio de *Jacques y su amo.)* Y: «¡Que mueran todos aquellos que se permiten reescribir lo que estaba escrito! ¡Que los empalen o quemen a fuego lento! ¡Que los castren y se les corten las orejas!». (El amo en *Jacques y su amo.)*

RISA (europea). Para Rabelais, la alegría y lo cómico aún no eran más que una sola cosa. En el siglo XVIII, el humor de Sterne y de Diderot es un recuerdo tierno y nostálgico de la alegría rabelaisiana. En el siglo XIX, Gogol es un humorista melancólico: «Si se observa atentamente y durante mucho tiempo una historia graciosa, se vuelve cada vez más triste», dice. Europa ha observado la graciosa historia de su propia existencia durante tanto tiempo que, en el siglo XX, la epopeya alegre de Rabelais se convirtió en la comedia desesperada de Ionesco, que dice: «Poca cosa separa lo horrible de lo cómico». La historia europea de la risa llega a su fin.

RITMO. Me horroriza escuchar el latido de mi corazón, que me recuerda continuamente que el tiempo de mi vida está contado. Por eso he visto siempre en las líneas de medida que jalonan las partituras algo macabro. Pero los mayores maestros del ritmo han sabido hacer callar esta regularidad monótona y previsible. Los grandes polifonistas: el pensamiento contrapuntístico, horizontal, debilita la importancia de la medida. Beethoven: en su último periodo, apenas se distinguen las medidas, tan complicado –sobre todo en los movimientos lentos– es el ritmo. Mi admiración por Oliver Messiaen: gracias a su técnica de pequeños valores rítmicos añadidos o quitados, inventa una estructura temporal imprevisible e incalculable, un tiempo totalmente autónomo (un tiempo de después del «fin de los tiempos», por retomar el título de su cuarteto). Tópico: el genio del ritmo se manifiesta en la regularidad ruidosamente subrayada. Error. El fastidioso primitivismo rítmico del rock: se amplifica el latido del corazón para que el hombre no olvide ni por un segundo su marcha hacia la muerte.

SEUDÓNIMO: Sueño con un mundo en el que la ley obligará a los escritores a mantener en secreto su identidad y a emplear seudónimos. Tres ventajas: limitación radical de la grafomanía; disminución de la agresividad en la vida literaria; desaparición de la interpretación biográfica de una obra.

SOMBRERO. Objeto mágico. Recuerdo un sueño: un muchacho de diez años está al borde de un estanque con un gran sombrero negro en la cabeza. Se tira al agua. Lo recogen, ahogado. Sigue llevando ese sombrero negro en la cabeza.

SOVIÉTICO. No empleo este adjetivo. Unión de Repúblicas Socialistas Soviéticas: «Cuatro palabras, cuatro mentiras» (Castoriadis). El pueblo soviético: pantalla lexicográfica tras la cual deben ser olvidadas todas las naciones rusificadas del imperio. El término «soviético» conviene no sólo al nacionalismo agresivo de la Gran Rusia comunista, sino también al orgullo nacional de los disidentes rusos. Les permite creer que, por un acto mágico, Rusia (la verdadera Rusia) se halla ausente del Estado llamado soviético y que perdura como esencia intacta, inmaculada, al abrigo de todas las acusaciones. La conciencia alemana: traumatizada, culpabilizada después de la época nazi; Thomas Mann: la cruel puesta en cuestión del espíritu germánico. La madurez de la cultura polaca: Gombrowicz, quien violenta alegremente la «poloneidad». Impensable para los rusos violentar la «ruseidad», esencia inmaculada. Ni un Mann, ni un Gombrowicz entre ellos.

TESTAMENTO. En ningún lugar del mundo, bajo la forma que fuere, puede publicarse ni reproducirse, de todo lo que he escrito (y escribiré), nada salvo los libros citados en el catálogo de Éditions Gallimard. Y nada de ediciones anotadas. Nada de adaptaciones (jamás me perdonaré las que antaño permití).

TRAICIONAR. «Pero ¿qué es traicionar? Traicionar significa abandonar filas. Traicionar significa abandonar filas e ir hacia lo desconocido. Sabina no conoce nada más bello que ir hacia lo desconocido.» *(La insoportable levedad del ser.)*

TRANSPARENCIA. En el discurso político y periodístico, esta palabra quiere decir: desvelar la vida de los individuos a la vista del público. Esto nos remite a André Breton y a su deseo de vivir en una *casa de cristal* a la vista de todos. La casa de cristal: una vieja utopía y al mismo tiempo uno de los aspectos más espantosos de la vida moderna. Regla: cuanto más opacos sean los asuntos del Estado, más transparentes deben ser los asuntos de un individuo; la burocracia, aunque represente una *cosa pública*, es anónima, secreta, codificada, ininteligible, mientras que el *hombre privado* se ve obligado a desvelar su salud, sus finanzas, su situación familiar y, si el veredicto de los medios de comunicación lo ha decidido, no encontrará ni un solo instante de intimidad ni en el amor, ni en la enfermedad, ni en la muerte. El deseo de violar la intimidad del otro es una forma inmemorial de la agresividad que, actualmente, se ha institucionalizado (la burocracia con sus fichas, la prensa con sus reporteros), moralmente justificado (el derecho a la información se ha convertido en el primero de los derechos del hombre) y poetizado (mediante una hermosa palabra: transparencia).

UNIFORME (uni-forma). «Dado que la realidad consiste en la uniformidad del cálculo traducible en planos, es necesario que también el hombre entre en la uni-formidad si quiere permanecer en contacto con lo real. Un hombre sin uni-forma hoy da ya una impresión de irrealidad, cual un cuerpo extraño en nuestro mundo.» (Heidegger, *La superación de la metafísica*.) El agrimensor K. no busca la fraternidad, busca desesperadamente una uni-forma. Sin esta uni-forma, sin el uniforme de empleado, no tiene «contacto con lo real», da «impresión de irrealidad». Kafka fue el primero (antes de Heidegger) en captar ese cambio de situación: ayer, todavía podía verse en la pluriformidad, en la huida del uniforme, un ideal, una oportunidad, una victoria; mañana, la pérdida del uniforme representará un mal absoluto, un rechazo más allá de lo humano. A partir de Kafka, gracias a los grandes aparatos que calculan y planifican la vida, la uniformización del mundo ha avanzado enormemente. Pero cuando un fenómeno se hace general, cotidiano, omnipresente, ya no se lo distingue. En la euforia de su vida uniforme, la gente ya no ve el uniforme que lleva.

VALOR. El estructuralismo de los años sesenta puso entre paréntesis la cuestión del valor. Sin embargo, el fundador de la estética estructuralista dijo: «Sólo la suposición del valor estético objetivo da sentido a la evolución histórica del arte». (Jan Mukarovsky: *Función, norma y valor estético como hechos sociales,* Praga, 1934.) Investigar un valor estético quiere decir: tratar de delimitar y denominar los descubrimientos, las innovaciones, la nueva luz que arroja una obra sobre el mundo humano. Sólo la obra reconocida como valor (la obra cuya novedad ha sido captada y denominada) puede formar parte de «la evolución histórica del arte», que no es una simple secuencia de hechos, sino una persecución de valores. Si se descarta la cuestión del valor, contentándose con una descripción (temática, sociológica, formalista) de una obra (de un periodo histórico, de una cultura, etcétera), si se traza un signo de igualdad entre todas las culturas y todas las actividades culturales (Bach y el rock, las tiras cómicas y Proust), si la crítica del arte (meditación sobre el valor) no encuentra ya lugar para expresarse, la «evolución histórica del arte» nublará su sentido, se derrumbará, se convertirá en un inmenso y absurdo depósito de obras.

VEJEZ. «El viejo sabio observaba a los jóvenes que vociferaban y entonces se le ocurrió que él era el único en la sala que tenía el privilegio de la libertad, porque era viejo; cuando uno es viejo ya no tiene que prestar atención a la opinión de su pandilla ni a la del público ni al futuro. Está solo con su muerte cercana y la muerte no tiene ni ojos ni oídos y a ella no hay por qué gustarle; puede hacer y hablar lo que le apetezca.» *(La vida está en otra parte.)* Rembrandt y Picasso. Bruckner y Janacek. El Bach de *El arte de la fuga*.

VIDA (con V mayúscula). En el panfleto de los surrealistas *Un cadáver* (1924), Paul Éluard interpela los restos mortales de Anatole France: «Tus semejantes, cadáver, no nos gustan...», etcétera. Más interesante que este puntapié en un ataúd me parece la justificación que sigue: «Lo que ya no puedo imaginar sin lágrimas en los ojos, la Vida, aparece todavía hoy en pequeñas cosas insignificantes a las que sólo la ternura sirve ahora de sostén. El escepticismo, la ironía, la cobardía, Francia, el espíritu francés, ¿qué es? Un gran soplo de olvido me arrastra lejos de todo esto. ¿Es posible que yo jamás haya leído nada, visto nada, de lo que deshonra la Vida?».

Al escepticismo y la ironía Éluard opuso: las pequeñas cosas insignificantes, las lágrimas en los ojos, la ternura, el honor de la Vida, sí ¡de la Vida con V mayúscula! Tras el gesto espectacularmente inconformista, el espíritu del kitsch más anodino.

Séptima parte
Discurso de Jerusalén: «La novela y Europa»

No creo que se deba a la casualidad, sino a una larga tradición, el que el premio más importante que concede Israel esté destinado a la literatura internacional. En efecto, son las grandes personalidades judías quienes, alejadas de su tierra de origen, formadas al margen de las pasiones nacionalistas, han demostrado siempre una sensibilidad excepcional por una Europa supranacional, una Europa concebida no como territorio, sino como cultura. Si los judíos, incluso después de la trágica decepción que les causó Europa, han permanecido fieles a ese cosmopolitismo europeo, Israel, su pequeña patria finalmente reencontrada, se muestra a mis ojos como el auténtico corazón de Europa, extraño corazón situado fuera del cuerpo.

Con gran emoción recibo hoy este premio que lleva el nombre de Jerusalén y la huella de ese gran espíritu cosmopolita judío. Lo recibo como novelista. Señalo bien, como *novelista,* no como escritor. El novelista, según Flaubert, es aquel que quiere desaparecer tras su obra. Desaparecer tras su obra quiere decir renunciar al papel de hombre público. Y no es fácil actualmente, cuando todo, por poco importante que sea, ha de pasar por el escenario insoportablemente iluminado de los medios de comunicación, que, contrariamente a la intención de Flaubert, hacen desaparecer la obra tras la imagen de su autor. En esta situación, a la que nadie puede escapar del todo, la observación de Flaubert me resulta casi una advertencia: prestándose al papel de hombre público, el novelista pone en peligro su obra, que corre el riesgo de ser considerada como un simple apéndice de sus gestos, de sus declaraciones, de sus tomas de posición. Ahora bien, el novelista no es portavoz de nadie y llevo esta afirmación hasta el punto de decir que ni siquiera es portavoz de sus propias ideas. Cuando Tolstoi esbozó la primera variante de *Ana Karenina,* Ana era una mujer muy antipática y su trágico fin estaba justificado y merecido. La versión definitiva de la novela es muy diferente, pero no creo que Tolstoi hubiera cambiado entretanto sus ideas morales, diría más bien que, mientras la escribía, oía otra voz distinta de la de su convicción moral personal. Oía lo que yo llamaría la sabiduría de la novela. Todos los auténticos novelistas están a la escucha de esa sabiduría suprapersonal, lo cual explica que las grandes novelas sean siempre un poco más inteligentes que sus autores. Los novelistas que son más inteligentes que sus obras deberían cambiar de oficio.

Pero ¿en qué consiste esta sabiduría? ¿Qué es la novela? Hay un admirable proverbio judío que dice:

El hombre piensa, Dios ríe. Inspirándome en esta sentencia, me gusta imaginar que François Rabelais oyó un día la risa de Dios y que así fue como nació la primera gran novela europea. Me complace pensar que el arte de la novela ha llegado al mundo como eco de la risa de Dios.

¿Por qué ríe Dios al observar al hombre que piensa? Porque el hombre piensa y la verdad se le escapa. Porque cuanto más piensan los hombres, más lejano está el pensamiento de uno del pensamiento de otros. Y, finalmente, porque el hombre nunca es lo que cree ser.

Es al comienzo de la Edad Moderna cuando se pone de manifiesto esta situación fundamental del hombre, recién salido de la Edad Media: Don Quijote piensa, Sancho piensa, y no solamente la verdad del mundo, sino también la verdad de su propio yo se les va de las manos. Los primeros novelistas europeos percibieron y captaron esta nueva situación del hombre y sobre ella fundaron el arte nuevo, el arte de la novela.

François Rabelais inventó muchos neologismos que luego entraron en la lengua francesa y en otros idiomas, pero una de estas palabras fue olvidada y debemos lamentarlo. Es la palabra *agelasto;* su origen es griego y quiere decir: el que no ríe, el que no tiene sentido del humor. Rabelais detestaba a los agelastos. Les temía. Se quejaba de que los agelastos fueran tan «atroces con él» que había estado a punto de dejar de escribir, y para siempre.

No hay posibilidad de paz entre el novelista y el agelasto. Como jamás han oído la risa de Dios, los agelastos están convencidos de que la verdad es clara, de que todos los seres humanos deben pensar lo mismo y de que ellos son exactamente lo que creen ser. Pero es precisamente al perder la certidumbre de la verdad y el consentimiento unánime de los demás cuando el hombre se convierte en individuo. La novela es el paraíso imaginario de los individuos. Es el territorio en el que nadie es poseedor de la verdad, ni Ana ni Karenin, pero en el que todos tienen derecho a ser comprendidos, tanto Ana como Karenin.

En el libro tercero de *Gargantúa y Pantagruel,* Panurgo, el primer gran personaje novelesco que conoció Europa, está atormentado por la siguiente pregunta: ¿debe o no casarse? Consulta con médicos, videntes, profesores, poetas, filósofos, que a su vez citan a Hipócrates, Aristóteles, Homero, Heráclito, Platón. Pero después de esas grandes búsquedas eruditas que ocupan todo el libro, Panurgo sigue sin saber si debe o no casarse. Tampoco nosotros, los lectores, lo sabemos, pero, en cambio, hemos explorado desde todos los ángulos posibles la divertida y a la vez elemental situación de quien no sabe si debe o no casarse.

La erudición de Rabelais, por grande que sea, tiene pues otro sentido que la de Descartes. La sabiduría de la novela es diferente de la de la filosofía. La novela no nació del espíritu teórico, sino del espíritu del humor. Uno de los fracasos de Europa es el de no haber comprendido nunca el arte más europeo –la novela; ni su espíritu, ni sus inmensos conocimientos y descubrimientos, ni la autonomía de su historia–. El arte inspirado por la risa de Dios es, por su propia esencia, no tributario, sino contradictor de las certezas ideológicas. A semejanza de Penélope, desteje por la noche lo que teólogos, filósofos y sabios han tejido durante el día.

En estos últimos tiempos, se ha adquirido la costumbre de hablar mal del siglo XVIII e incluso se ha llegado a este tópico: la desdicha del totalitarismo ruso es obra de Europa, concretamente del racionalismo ateo del Siglo de las Luces, de su creencia en la todopoderosa razón. No me considero competente para polemizar con quienes hacen a Voltaire responsable del gulag. En cambio, me considero competente para decir: el siglo XVIII no es solamente el de Rousseau, de Voltaire, de Holbach, es también (¡si no ante todo!) el de Fielding, el de Sterne, el de Goethe, el de Laclos.

De todas las novelas de esa época, la que prefiero es *Tristram Shandy* de Laurence Sterne. Una novela curiosa. Sterne comienza evocando la noche en que Tristram fue concebido, pero en cuanto empieza a hablar de ello, otra idea le seduce ya, y esta idea, por libre asociación, genera otra reflexión, luego otra anécdota, de forma que una digresión sigue a la otra, y Tristram, protagonista del libro, es olvidado durante un centenar de páginas. Esta manera extravagante de componer la novela podría parecer un simple juego formal. Pero, en el arte, la forma es siempre más que una forma. Cada novela, quiéralo o no, propone una respuesta a la pregunta: ¿qué es la existencia humana y en qué consiste su poesía? Los contemporáneos de Sterne, Fielding por ejemplo, supieron sobre todo gozar del extraordinario encanto de la acción y de la aventura. La respuesta implícita en la novela de Sterne es distinta: la poesía, según él, no reside en la acción, sino en la *interrupción de la acción.*

Tal vez indirectamente se entablara así un gran diálogo entre la novela y la filosofía. El racionalismo del siglo XVIII se expresa en la célebre frase de Leibniz: *nihil est sine ratione.* Nada de lo que es lo es sin razón. La ciencia, estimulada por esta convicción, examina con ahínco el *porqué* de cada cosa de modo que todo lo que es parece explicable y, por lo tanto, calculable. El hombre que desea que su vida tenga un sentido, renuncia a cualquier gesto que no obedezca a una causa y a un fin. Todas las biografías se escriben así. La vida aparece como una trayectoria luminosa de causas, efectos, fracasos y éxitos, y el hombre, al dirigir su mirada impaciente hacia el encadenamiento causal de sus actos, acelera aún más su loca carrera hacia la muerte.

Ante esta reducción del mundo a la sucesión causal de acontecimientos, la novela de Sterne, tan sólo por su forma, afirma: la poesía no está en la acción sino allí donde se detiene la acción; allí donde se rompe el puente entre una causa y un efecto y allí donde el pensamiento vagabundea en una dulce libertad ociosa. La poesía de la existencia, dice la novela de Sterne, está en la digresión. Está en lo incalculable. Está al otro lado de la causalidad. Existe *sine ratione*, sin razón. Está al otro lado de la frase de Leibniz.

No se puede, pues, juzgar el espíritu de un siglo exclusivamente por sus ideas, sus conceptos teóricos, sin tomar en consideración el arte y particularmente la novela. El siglo XIX inventó la locomotora, y Hegel estaba seguro de haber captado el espíritu mismo de la Historia universal. Flaubert descubrió la necedad. Me atrevo a decir que éste es el descubrimiento más importante de un siglo tan orgulloso de su razón científica.

Por supuesto, incluso antes de Flaubert no se ponía en duda la existencia de la necedad, pero se la comprendía de un modo algo distinto: estaba considerada como una simple ausencia de conocimientos, como un defecto corregible mediante la instrucción. En cambio, en las novelas de Flaubert, la necedad es una dimensión inseparable de la existencia humana. Acompaña a la pobre Emma toda su vida hasta su lecho de amor y hasta su lecho de muerte, sobre el cual dos temibles agelastos, Homais y Bournisien, van aún a intercambiar largamente sus inepcias como una especie de oración fúnebre. Pero lo más chocante, lo más escandaloso de la visión flaubertiana de la necedad es esto: la necedad no desaparece ante la ciencia, la técnica, el progreso, la modernidad; ¡por el contrario, con el progreso, ella progresa también!

Con malintencionada afición Flaubert coleccionaba las fórmulas estereotipadas que pronunciaban las gentes a su alrededor para parecer inteligentes y enteradas. Con ellas, compuso un célebre *Diccionario de ideas preconcebidas*. Sirvámonos de este título para decir: la necedad moderna no es la ignorancia, sino el *no pensamiento de las ideas preconcebidas*. El descubrimiento flaubertiano es para el porvenir del mundo más importante que las más turbadoras ideas de Marx o de Freud. Ya que puede imaginarse el porvenir sin lucha de clases o sin psicoanálisis, pero no sin el irresistible incremento de las ideas preconcebidas que, una vez inscritas en los ordenadores, propagadas por los medios de comunicación, amenazan con transformarse pronto en una fuerza que aplastará cualquier pensamiento original e individual y ahogará así la esencia misma de la cultura europea de la Edad Moderna.

Unos ochenta años después de que Flaubert imaginara su Emma Bovary, en los años treinta de nuestro siglo, otro gran novelista, Hermann Broch, hablará del esfuerzo heroico de la novela moderna que se opone a la ola de kitsch pero que acabará por ser arrasada por él. La palabra kitsch designa la actitud de quien desea complacer a cualquier precio y a la mayor cantidad de gente posible. Para complacer hay que confirmar lo que todos quieren oír, estar al servicio de las ideas preconcebidas. El kitsch es la traducción de la necedad de las ideas preconcebidas al lenguaje de la belleza y de la emoción. Nos arranca lágrimas de enternecimiento por nosotros mismos, por las trivialidades que pensamos o sentimos. Hoy, cincuenta años después, la frase de Broch pasa a ser aún más verdadera. Dada la imperativa necesidad de complacer y de atraer así la atención del mayor número de personas, la estética de los medios de comunicación es inevitablemente la del kitsch; y, a medida que los medios de comunicación abarcan toda nuestra vida y se infiltran en ella, el kitsch se convierte en nuestra estética y nuestra moral cotidianas. Hasta una época aún reciente, lo moderno significaba una rebeldía no conformista contra las ideas preconcebidas y el kitsch. Hoy, la modernidad se confunde con la inmensa vitalidad de los medios de comunicación de masas, y ser moderno significa un esfuerzo desenfrenado por estar al día, estar conforme, estar más conforme aún que los más conformes. La modernidad se ha vestido con el ropaje del kitsch.

Los agelastos, el no-pensamiento de las ideas preconcebidas, el kitsch, son el enemigo tricéfalo del arte nacido como el eco de la risa de Dios y que supo crear ese fascinante espacio imaginario en el que nadie es poseedor de la verdad y cada cual tiene derecho a ser comprendido. Este espacio imaginario nació con la Europa moderna, es la imagen de Europa o, al menos, nuestro sueño de Europa, sueño muchas veces traicionado pero, aun así, lo suficientemente fuerte como para unirnos a todos en la fraternidad que sobrepasa con mucho nuestro pequeño continente. Pero sabemos que el mundo en el cual el individuo es respetado (el mundo imaginario de la novela, y el real de Europa) es frágil y perecedero. Vemos en el horizonte ejércitos de agelastos que nos acechan. Y precisamente en esta época de guerra no declarada y permanente, y en esta ciudad con un destino tan dramático y cruel, he decidido no hablar más que de la novela. Habrán comprendido sin duda que ésta no es por mi parte una forma de evasión ante las cuestiones llamadas graves. Porque si la cultura europea me parece hoy amenazada, si está amenazada tanto desde el exterior como desde el interior en lo que tiene de más precioso, su respeto por el individuo, respeto por su pensamiento original y por su derecho a una vida privada inviolable, me parece entonces que esta esencia preciosa del espíritu europeo está depositada como en un cofre de plata en la historia de la novela, en la sabiduría de la novela. Es a esta sabiduría a la que, en este discurso de agradecimiento, quería rendir homenaje. Pero ya es hora de concluir. Me había olvidado de que Dios ríe cuando me ve pensar.

www.planetadelibros.com.mx